결혼 좋니?

결혼 좋니?

초판 1쇄 발행 | 2021년 5월 7일

지은이 | 지연
펴낸이 | 김지연
펴낸곳 | 생각의빛

주 소 | 경기도 파주시 한빛로 70 515-501

출판등록 | 2018년 8월 6일 제 406-2018-000094호

ISBN | 979-11-90082-86-0 (03810)

원고 투고 | sangkac@nate.com

* 값 13,300원

* 생각의빛은 삶의 감동을 이끌어내는 진솔한 책을 발간하고 있습니다. 참신한 원고가 준비되셨다면 망설이지 마시고 연락주세요.

결혼 좋니?

지연 지음

생각의빛

40대를 마무리하며

내 결혼생활을 돌아보게 되었다.

행복이 불행이 되기도 했고

불행이 다시금 행복이 되기도 했다.

웃다가 울기도 했고

울다가 웃기도 했다.

나의 50대는 본질적으로 좀 달랐으면 한다.

위로하지 마!

아픈 사람한테 위로하지 마!
예의가 아니거든.

고통 속에 헤매는 나에게 위로하지 마!
매너가 똥이거든.

자꾸 힘내라고 하지 마!
그런 위로 따윈 필요 없거든.

그건 죽으라는 얘기지.

그냥 가만히 있어.

위로 그딴 거 하지 마!

넌 내가 아니잖아, 나를 모르잖아.

내가 얼마나 고통스러운지.

그러니 아는 척 위로하지 마!

더 이상 착한 며느리가 아니다

2002년 가을, 대학 동기였던 남자친구(지금의 남편)와 결혼을 했다. 헤어져 있던 기간이 나로 인해 길어졌지만, 누구를 만나도 문득문득 그가 떠올라 결국 다시 만나 결혼을 했다. 정말 남들 다하는 결혼을 했다. 유행처럼.

누구나 그렇듯 나도 마냥 행복할 줄 알았다. 그러나 허울 좋은 로망이었을까? 철없는 거품 같은 망상이었을까? 커다란 복병이 숨어있을 줄은 꿈에도 몰랐다.

시도 때도 없이 몰아치는 거센 파도 같은 복병, 시어머니! 더 나아가 시댁, 시월드.

착한 며느리 코스프레를 일부러 하진 않았지만 나 자신이 바보 같았다는 걸 점점 깨닫게 되었다. 그래서 지금, 18년이 지난 지금! 늦지 않은 지금이라도 더 이상 착한 며느리는 되기 싫다.

첫 번째,
20대 때 나는

서울 홀릭

나는 인천 부평에서 태어나 결혼 전까지 줄곧 30년을 내 고향 부평에서 살았다. 늘 우물 안 개구리처럼 다른 세상을 알지 못한 채, 대학 입학 후 처음으로 전국 각지에서 온 친구들을 알게 되었다. 그들이 신기할 정도였다.

우연히 친하게 된 친구들이 서울 토박이들이었다. 나는 그들과 늘 서울에 있었다.

왠지 모르게 서울이 좋았다. 수많은 자동차와 고층 빌딩

들로 복잡하기 그지없던 서울 한복판에 있노라면 꼭 내가 성공한 것 같았다. (하지만 지금은 서울만큼 답답한 곳도 없다.)

친구들은 나의 고향 부평을 아무도 몰랐다. 친한 동기 녀석들은 수돗물은 나오냐며 놀리기도 했다. 하기야 그때 당시만 해도 전철을 타고 오가는 길이 온통 논밭이었으니 그럴만했다. (지금의 부평과는 여실히 달랐다.)

그래서 난 늘 서울에 있었다. 부평은 지긋지긋했고 친구들을 만나기 위해 지하철을 타고 서울로 향하는 내가 너무 좋았다. 행복했다.

커다란 규모의 서점들, 우뚝 선 쇼핑센터들, 보지 못했던 외제 차들, 커플들의 데이트 장소인 예쁜 카페들 무엇 하나 지루한 것이 없는 멋진 동네였다.

그래서 동경의 대상이었던 서울로 취업을 했다.

아직도 촌스러웠던 기억 하나 있다면, 처음 지하철을 혼자 탔을 때 인파들 속에서 못 내릴까 봐 한 정거장 미리 자동문 앞에 서 있었다. 내내 오줌 마려운 강아지처럼 쭈뼛대며 혼잣말을 했다.

'너무 촌티 나는 건 아닐까? 사람들이 왜 쳐다보지? 앞에 이 덩치 큰 아저씨! 내리는 거 맞아? 왜 문을 가로막고 서 있는 거야 도대체? 나 내릴 수 있겠지?'

3개월 만에 자다가도 내릴 수 있는 경지에 이르렀지만, 그땐 그랬다.

인정받는 직원

처음으로 입사한 곳은 뉴스로만 보았던 광화문 사거리, 그 언저리에 있는 A 호텔 건물 6층 H 이주공사였다. 쉽게 말하자면 이민자들을 이주시키는, 이민자들을 돕는 일을 했다.

어리버리하고 촌티 나는 내가 드디어 서울에 입성했다.

처음 해 보는 일에 실수가 잦을까봐 노심초사했었고 무엇보다 상사들에게 인정받기 위해 근면, 성실했었다.

다른 사람들 보다 30분 일찍 출근해 자동문을 열어 놓았고 지금 회사생활과는 사뭇 다르겠지만 상사 책상도 말끔히 닦아놓았다. 그땐 그래야만 하는 줄 알았다.

이민을 상담하러 오신 고객들에게 한없이 친절하게 응대했으며 상사들의 지시에 따라 철두철미하게 일 처리를 완벽히 소화해냈다.

처음 출근하던 날, 이사님의 팩스 미션을 완전히 실패한 후 모르는 건 무조건 질문하고 또 질문했다.

지금 생각해도 웃픈 얘기가 있다.
그깟 팩스가 뭐라고.

이사님 우리 직원이 팩스 보냈으니 빨리 확인해주세요. 급한 겁니다~
타업체 안 왔어요. 못 받았어요!
이사님 지연씨! 다시 넣어요. 못 받았대! 급한 거야!
나 네네~ 다시 보낼게요~ 이사님 보냈어요~
타업체 안 받았다구욧!

이사님 지연 씨!!! 팩스 보낼 줄 몰라?

나 아, 네~ 다시 보내볼게요.

팩스 보낼 때 용지 방향을 어떻게 넣어야 하는지 그땐 몰랐다. 학력고사 시험장에서 수학시험 중에 소변이 마려워 어쩔 줄 몰라 식은땀이 났던 그때의 심정과도 같았다.

그런저런 시행착오 끝에 한 달이 지났고 난 드디어 월급이라는 걸 받았다. 야호!

기억도 나지 않는 적은 월급이 나에게는 너무나도 큰 금액이었고 대학 시절 파트타임 할 때 받았던 금액 수준과는 확연히 달랐다.

보너스 달에는 더 흥분되었다.

열심히 달려온 끝에 상사들은 나를 성실하다고 했고 늘 일찍 오는 내게 참 부지런하다고 했다.

내가 좋아서 했던 일들이 타인에게 '인정'받는 느낌을 심어주었다.

그들이 날 인정해주었다. 그럼 난, 날개 단 듯 더 열심히 할 뿐이었다.

어린 시절 인정받지 못했다는 자괴감과 스스로 부정해 왔던 칭찬이 어색한 나에게서 조금이나마 탈피하는 것 같았다. 그때서야 나를 위로하듯 보상하듯 칭찬을 칭찬으로 받아들이는 힘을 기르기 시작했다.

무엇보다 직장생활은 돈을 버니 행복했다.

더 웃픈 얘기가 있다.

걸려온 전화에 쩔쩔맸던 장피한 기억이다.

따르릉~~~

나 네~ H 이주공사입니다.

타인 주차장 있어요? (다짜고짜)

나 네~ 건물 뒤편 지하에 있습니다.

타인 아니! 주차장!

나 네~ 주차장은 건물 뒤편 지하에 있습니다.

타인 아니!!! 주 진상 차장!

우리 부서 차장님 이름이었다. 성은 주요 이름은 진상.

분식집 할 거예요!

사회 생활한 지 3년 차쯤 되니 나에게도 직함이 생겼다. 대리님. 참 듣기 좋은 호칭이었다.

그 시절 모두 힘들었던 IMF 외환위기를 겪으면서 함께 했던 직원들이 절반 이상 정리해고를 당했기에 더 특별했고 감지덕지한 직함이 분명했다.

대리를 달기 위해 열심히 달려왔나 싶을 정도로 너무 기쁘고 나 자신이 뿌듯했다.

우물 안 개구리였던 내가 이렇게 성공하는 구나! 그땐

그게 나에겐 성공이었다.

대리 직함도 달았으니 더 뛰어오르면 될 참이었는데 사람 일은 모르는 것이었다.

타인에 의해서가 아닌 나에 의해서 비자발적인 이 아닌 자발적으로 사표를 내고 말았다.

직속 상사는 어이없는 표정으로 물었다.

이 시국에 대리까지 달아줬더니 어느 이주공사로 옮겨가는지 월급은 더 주는지를 캐물었다.

그래서 당당히 대답했다.

"저 분식집 하기로 했어요."

지금 생각하니 참 무모했다.

물론 수 시간 동안의 '하고 싶은 것과 해야 하는 것의 괴리감' 속에서 어렵게 내린 결론이었다.

네~ 낮참 밤참입니다

김밥, 떡볶이, 라면, 어묵탕을 파는 아파트 지하상가의 2평짜리 허름한 상가에서 분식집을 했다. 얼마 안 되는 퇴직금과 임대가 잘 안 되는 어두컴컴한 상가를 싸게 임대한후 나와 십년지기 친구는 배달을 시작했다.

무작정 앞뒤 돌아보지 않고 바로 시작했다.

짜장면 배달통을 구입해서 노란색 래커로 예쁘게 뿌려댔고 거기에 이렇게 썼다.

'낮참 밤참'

20대 중반의 한 여자는 노란색 배달통을 들고 아파트를 뛰어다녔고 음식 재료를 사기 위해 매일 아침 일찍 시장을 돌았다. 비가 오면 비옷을 입거나 우산을 쓰고 신나게 배달하러 다녔다. 창피했지만 창피한 줄 몰랐다.

나는 꿈이 있었다.

'사업가'

어릴 때부터 부자가 아니었기에 막연히 사업을 해서 돈을 많이 벌고 싶었다.

열심히 사는 부모님은 하루하루 밤낮으로 열심히 돈을 버는데 부자가 되지는 못했다.

그래서 정말 막연히 '사업가'가 되어 돈뭉치를 부모님께 갖다 드리는 게 소원이었다.

'나 이런 사람이야' 라고!

시간이 지나 단골이 생기기 시작할 때쯤에 별 것 아닌 일로 무책임했던 동업자 친구는 무방비 상태로 나가버렸다. 나는 퇴직금을 날리는 무능력하고 한심한 사람이 되어 버렸다.

　모든 것을 정리하고 집으로 돌아와 종일 울었던 기억이 난다.

　나에게는 사업의 꿈이 일장춘몽이었다. 혼자서 끌고 가기에는 역부족이었으나 지금 생각해보니 찾아보면 방법은 다 있지 않았나 싶었다.

　그때 부모님께 면목이 없어 죄인이 된 기분이었다.

　지금까지도 십년지기 친구와는 연락하지 않는다. 그러고 싶지는 않았다.

　절대로 용서가 되지 않았다. 내 꿈이 사라졌다는 생각에 오랜 시간을 그 친구 탓만 했었다.

　식당 문을 닫고 실의에 빠져 있을 때 집 전화가 울려 전화를 받았다.

　누군가 울면서 말을 하는데 알아들을 수가 없었다. 포효하는 것 같았다.

누구냐고 무슨 말을 하는 거냐고 다그쳤다. 울지 말라고.
그 순간,

"아빠가 돌아가셨어."

그 친구였다. 아빠가 차 안에서 천식으로 돌아가셨다고
했다.

부랴부랴 병원으로 장례식장으로 모든 걸 함께 끝내고
다시 집으로 돌아왔다.

그 후 친구는 용서를 구했지만 난 받아줄 수가 없었다.
나를 믿어주지 않았기에.

내 꿈이 한순간에 끝났기에.

회사를 나올 때 내가 어떤 마음으로 분식집을 시작했음
을 아는 친구였기에 더는 웃으면서 볼 자신이 없었다. 나
와 그 친구의 10년이 그렇게 물거품이 되어버렸다.

다시 일어나!

　나는 앞서 말했듯이 일하고 돈 받는 걸 무척 좋아하는 사람이다. 종일 억울하고 속상하고 미칠 것 같아 이불 뒤집어쓰고 울기만 했다. 그리고 툭툭 털어내고 다시 일어나 직장을 구하기 시작했다.

　빨리 일해야 한다는 생각밖에 없었다. 백수라는 눈치가 보였고 죄인인 듯 싶었다.

　부모가 열심히 사는데 어떻게 자식이 놀고먹을 수 있겠는가.

나는 여러 군데 면접을 보러 다녔고 운이 좋게 웨딩플래너라는 직업을 구하게 되었다. 참 생소했지만, 매력적인 일이라 생각했다.

요즘은 취업이 심각할 정도로 어렵지만, 그때만 해도 좀 더 수월했던 것 같았다.

감사한 일이었다.

늘 신랑, 신부와 함께하는 일이라서 즐거웠다.

웨딩박람회에 참석해 신랑, 신부와 얘기 나누고 인연을 만들어 계약에서 매출까지 이루어지는 일이 나에게 맞았다. 다른 직원들에 비해 계약 성공률이 높았다. 기분 좋은 일이었다. 기본 월급이 있었지만, 계약 성과에 따라 성과급이 따로 있었기에 열심히 할 수밖에 없었다. 돈을 좋아하는 사람인지라 그랬다.

기억이 지금도 생생하다.

박람회를 무사히 끝내고 신랑, 신부들의 결혼 진행 과정이 끝날 무렵 내가 좋아하는 성과급이 정산되었다. 큰돈이었다.

그 돈을 은행에서 만 원짜리 신권으로 뽑아 두 묶음을 만들어 TV를 보고 계신 엄마 앞에 '서프라이즈'라며 돈뭉치를 던졌다.

그때 정말 행복했다. 나 자신이 뿌듯했다. 엄마는 말할 것도 없이 좋아하셨다.

이제 50에 가까운 나이가 되고 보니 돈맛이 어떤 건지 알 것 같다. 그때 더 많이 벌어 드렸어야 했는데 아쉽다.

동료 후배가 물었다.

"언니~ 신랑, 신부가 왜 언니하고 계약하려고 할까? 도대체 뭐로 꼬시는 거야? 언니 상담할 때 옆에 앉아 꼭 들어 봐야겠어."

"뭐야~ 별것 없는데! 우리랑 뭐가 다른지 모르겠어! 짜증나."

보통의 신랑, 신부들은 결혼이 처음이라 어디서부터 시작해야 할지를 잘 모른다. 다들 직장생활을 하느라 바쁘기도 해서 제대로 알아보기도 힘들다.

그럴 때 계약이 성사되든 안 되든 그들의 고충을 귀 기울여 들어주고 궁금한 질문에 진심이 닿게 답변을 해주면 된다. 그게 다였다.

상품 설명에만 급급하지 않고 사족을 달지 않는 것이 나의 비법이라면 비법이었다. 계약하려고 내 얘기만 번지르르하게 하면 그건 나만 신나서 수다를 떤 것에 불과하다.

인생에서 친구를 만나든 누구를 만나든 그들의 얘기를 먼저 들어주는 게 참 중요한 것 같다.

그러나 요즘 몹쓸 병에 걸린 것 같다. 나도 어쩔 수 없는 아줌마 나이라 그런 가 보다.

자꾸만 목소리가 커지고 쓸데없이 말이 많아지는 것 같다. 조심해야겠다.

입은 한 개요, 귀는 두 개이니 경청하자!

어디든 떠나야겠어

한창 다시 만난 남자친구(지금의 남편)를 두고 필리핀이라는 낯선 나라로 훌쩍 떠나버렸다. 6개월 간 짧게 가는 일정이었지만 나도 울고 엄마도 울었다.

지금이야 모두가 다녀올 법한 필리핀이지만 20년 전쯤만 해도 유학이니 어학연수니, 단순한 여행조차도 쉽지 않았던 때였다.

동료들이나 친구들이 물었다.

"필리핀이 어디에 있는 거야? 위험하지 않아? 혼자 무섭지 않아? 어디서 지낼 거야?"

나도 사실 필리핀이라는 나라를 전혀 몰랐다. 그저 물가가 싼 곳을 선택할 수밖에 없었다. 사실 나 자신조차도 혼자 가서 살아볼 수 있을지 무섭고 두려웠다. 워낙 겁이 많은지라.

해외여행이라고는 회사 다니면서 첫 보너스 받았을 때 대학 친구들과 3박 4일 일본 여행 갔다 온 게 전부였다.

일본은 친숙했지만, 필리핀은 전혀 모르는 곳이었다.

회사생활이 즐거웠지만, 한편으로는 답답했고 미칠 지경이었다. 그러다 드디어 한계에 다다랐다.

"떠나야겠어."

사표를 내고 떠나기로 마음먹었다. 사실은 뭐부터 알아봐야 할지도 몰랐다. 단순히 친구랑 여행가는 관광이 아니라서 난감했다.

일단 유학원을 통해 알아보는 건 제외했다. 대행 수수료가 비쌌기 때문이다. 그래서 무작정 인터넷을 뒤지기 시작했고 갈 수 있는 방법을 찾아냈다.

한국인이 운영하는 어학원을 통하면 영어 공부도 숙소도 알아봐 준다고 했다. 덜컥 입금했다. 겁이 많은 나인데 그 순간만큼은 겁이 없었나 보다.

사무실에서 생활하다 보면 보험설계사가 와서 보험을 들라고 쉼 없이 권유했었다. 그래도 의심이 많은 나는 절대 들지 않았다. 그런 내가 덜컥 입금을 하고 비행기를 타 버렸다.

필리핀에 도착하는 시간이 아마도 새벽 2시쯤이었던 걸로 기억한다.

아주 칠흑 같은 캄캄한 새벽에 어학원에서 보내온 차를 마농(아저씨)과 단둘이서 가로등도 없는 펄럭이는 야자수(가게 오픈형 풍선 인형처럼)를 응시하며 제대로 가는 건지 아닌 건지 '나 어디 팔려 가는 거 아니야?' 라는 의심을 놓지 않고 문손잡이를 꽉 잡고 내내 불안해하며 40분을 달려 마닐라와 가까운 퀘존시티에 도착했다.

어릴 때부터 겁이 많았던 나는 여전히 하룻밤만 자는 숙소에 들어가서도 마음이 편치 않았다.

2층 방으로 안내해주는 마농(아저씨)에게 인사를 건네고 즉시 문을 걸어 잠갔다. 여러 번 확인한 후 그제야 안도의 한숨이 쉬어졌다.

눈물이 났다. 여자라는 이유만으로 경계할 것들이 너무 많았다. 온몸에 힘을 줘서인지 뼈들이 욱신거렸고 역시나 잠은 오지 않았다.

부잣집 딸 코스프레

필리핀에 도착한 다음 날, 아침을 먹고 어학원 원장님과 그의 가족들과 인사를 나눈 후 숙소를 알아보고 다녔다.

안전하고 깨끗한 좋은 숙소를 추천해달라고 했던 터라 원장님은 'BF홈즈'라는 드라마나 영화에서 볼 법한 곳을 소개해줬다.

일단 들어갈 때 Security office(경비실)에 신원 확인을 해야 했다. 예쁜 하얀색 철문을 통과하면 넓은 마당이 보이자마자 양쪽으로 2층짜리 하얀 주택들이 예쁘고 탐스럽게 줄지어져 있었다.

지금이야 이런 주택들을 우리나라에도 많이 볼 수 있지만, 그때는 분명 영화에서만 봤었다. 주택들 사이로 걷다 보면 야외수영장에서 필리핀 아이들이 수영하고 있었고 그 안에 작은 매점 같은 곳이 있었다. 내가 영화의 여주인공이 된 것 같았다.

내가 묵을 숙소의 문을 여니 1층에는 거실과 주방이 있었고, 2층에는 화장실을 포함한 방이 2개 있었다.

물론 함께 지내는 동생들과 쉐어를 했고 놀라운 건 헬퍼가 우리의 음식과 빨래를 모두 해주었다. 그땐 이 모든 게 꿈 같았다.

'나 부잣집 딸인 거지?'

꿈만 같던 생활이 시작되었다.

아무도 없는 밤에는 수영장에서 동생들과 신나게 펄쩍펄쩍 첨벙거리면서 까르르대며 물놀이를 했다. 더운 여름의 크리스마스에는 모든 주택 외관에 트리 장식이 빛났고 와인잔을 들고 나와 그 순간을 즐겼다.

주중에는 어학원에서 열심히 재밌게 영어 수업을 1:1로

하기도 했고 수업이 없는 주말에는 택시나 씨클로를 타고 대형쇼핑몰이나 시장에 가서 먹거리를 사기도 했다.

"마농(아저씨)~ 살라 맛(고맙습니다)"

따갈로그어를 멋지게 써가면서 말이다.

그때가 한없이 그립다. 순수하고 착한 필리핀 사람들이 다시금 보고 싶다.

도착한 지 일주일 후 처음으로 남자친구(지금의 남편)에게 전화를 걸었다.

나 여보세요~ 흑흑흑.

남자친구 왜 울어? 왜 무슨 일이야? 왜 연락을 안 했어?

나 흑흑흑.

남자친구 무슨 일 있구나!

나 보고 싶다. 보고 싶은데 목이 메어 말이 안 나올까 봐 전화를 못했어. 흑흑흑.

일주일 동안 연락이 없어서 걱정 많았겠다. 지금의 남편.

그렇게 20대가 끝나가고 있었다.

인연, 운명 그리고 결혼

1992년, 첫사랑인 지금의 남편을 대학 동기로 만났다.

하얀 얼굴, 작은 키에 하얀 점퍼를 입고 캠퍼스에 누워 있는 그를 처음 봤을 때 호감을 느꼈다. 슬리퍼 찍찍 끌고 강의실에 들어오는 무모함, 남들 다 있는 삐삐도 없는 아웃사이더 같은 모습에, 그런 나와 다른 모습에 끌리는 건 당연했다.

사귀는 시간도 잠시, 군내에 가게 되었다.

어느 날 부대원들과 저녁 식사를 한 후 나에게 전화를 걸었다.

남자친구 뭐해? 나 지금 밥 먹고 전화하는 거야~

나 어~ 나도 먹었어.

남자친구 지연아?

나 응.

남자친구 지연아~ 진짜 사랑해, 정말 사랑해.

나 ……………응.

나는 편지를 보냈다.

헤어지자고.

너무나도 철없던 어리디어린 나의 이별 통보로 인해 우린 몇 년을 보지 못한 채로 살았다.

그때의 나는 사랑이 참 부담스러웠나 보다.

2002년 20대를 마무리하며 우린 결혼을 했다.

인연인 걸까? 운명인 걸까?

1999년, 뜬금없는 그의 전화 한 통으로 다시 만나게 되었고 3년 동안 열심히 사랑하고 또 사랑하며 결혼이라는 종지부를 찍었다.

(그동안 헤어져 있었던 동안 나는 그가 많이도 그리웠었다. 다른 사람과 있어도 문득문득 생각났었다.)

이런 애틋했던 사람과 실컷 연애하고 결혼이란 걸 했는데 복병이 숨어있었다.

우리 둘만의 일로는 싸울 일이 없었고 이해 못 할 일은 더군다나 있지도 않았다.

착한 남편과 잘 살아보려고 기대했던 나, 우리 둘만의 사랑만으로는 행복할 수 없었다.

두 번째,
시어머니는 왜 그럴까?

80세 어머니

현재 80세인 시어머니는 뇌출혈로 쓰러진 시아버지를 돌보고 계신다. 시어머니는 시아버지의 사업을 시작으로 험난한 생활을 하기 시작하면서 아들 셋과 함께 어려운 시절을 보내셨다. 힘들었던 그 시절을 종종 말씀하신다.

지금은 젊은 시절 열심히 살았던 고단한 삶에 대한 보상이 없는, 여전히 힘든 생활을 하신다.

시아버지는 뇌출혈로 쓰러지신 지 10년이 넘었고 그로 인해 시부모님은 국가보조금을 받고 사신다. 자식이 셋이

나 있어도 누구 하나 든든한 노후자금을 마련해 줄 자식은 없다. 안쓰럽고 안타깝다.

젊은 시절 시아버지는 상의도 없이 무모한 사업에 뛰어들다 어머니를 힘들게 하셨다. 게다가 술을 좋아하고 친구들 좋아하고 거기다 여자까지. 어머니는 내게 이혼하고 싶다고 매번 하소연하셨다. 그럼에도 시아버지를 지금껏 병간호하는 중이시니 참 대단하시다.

지금껏 살아오신 인생이 참 버겁고 힘들어 존중받아야 마땅하기 그지없다. 그러나 나에게 시어머니는 마냥 존중받고 존경할 만한 분은 아니셨다.

어머니의 전화 한 통

우리 아이가 백일쯤 되었을까?

나는 몸이 약한 편이어서 아이를 돌보면서 몸살이 자주 났었다. 그러면 친정엄마 찬스를 쓰려고 부평에 계신 친정 엄마께 가서 도움을 요청했었다.

남편은 그 당시 시부모님의 작은 식당을 물려받아 고군 분투할 때여서 늘 밤늦게 집으로 돌아왔다.

하루 이틀 친정에 있다가 집으로 온 날이었다. 집 전화 가 울렸다. 어머니셨다.

전화를 받자마자 누가 내 뒤통수에 쇠망치를 내려치는 것 같았다. 그런 괴성은 처음이었다.

높고 높은 날카로운 소음이 한없이 울려댔다. 어머니의 화난 목소리였다.

어머니는 남편의 식당 이전하는 날인데 오지도 않느냐고 고래고래 소리를 질러댔다. 나는 그만 말문이 턱하고 막혔다.

분명 결혼 전에 남편이 그랬다.

"우리 엄마는 털털한 성격이라 뒤끝이 없어."

그 말을 철석같이 믿었던 나였다. 아주 큰 잘못을 아주 큰 죄를 지은 것 같은 착각이 들 만큼 시어머니는 숨 쉴 틈 없이 쏟아 부으셨다.

거기다 쿨하고 뒤끝이 없어야 할 시어머니는 별의별 지난 얘기들을 보따리 바리바리 풀어놓듯 몽땅 내동댕이치듯 말씀하셨다. 또 한 번 숨이 턱 하고 막혔고 머리가 멍해졌다.

우리는 시댁과 30분 거리에 살고 있다. 가까이 사는 게 문제였나 보다. 가까이 사는데 한 달에 한두 번만 아이를 데리고 온다고 소리를 질러댔다. 친정에 자주 가는 게 꼴사나웠는지 '지들끼리 똘똘 뭉친다'고 고래고래 소리를 질러댔다.

그럴 때면 수백 마리의 돌고래들이 쉼 없이 바다 위로 튀어 오르는 것 같았다. 그럼 환호성이라도 지를 텐데 난, 난, 참고 있던 눈물이 쏟아지는 걸 참으며 최대한 차분하게 떨리는 목소리로 말했다.

"어떻게 말씀을 그렇게 하세요? 왜 우리 부모님을 욕하시는 건가요?"

그때 스마트폰이 있었어야 했다. 녹음 버튼을 누르고 싶었다. 한참을 무슨 말인지도 모를 비언어를 토해내시더니 뚝 끊어버리셨다.

손이 부들부들 떨렸고 처음 겪는 일이라 심장이 마구마구 날뛰었다. 어머니는 쿨하지도 털털한 성격도 아니었고 평범한 한국 시어머니상도 아니었다.

결혼 후 처음으로 이혼하고 싶다고 남편에게 말했었다.

모두가 어머니를 알고 있구나

전화 한 통화로 나는 어머니에게 언어 폭행을 당했다. 이런 언어 폭행은 생전 처음이었다.

남편에게 "당신을 사랑하지만, 이혼해야겠어."라고 말했을 때 남편은 늦은 퇴근에 내가 좋아하는 꼼장어를 사와 미안하다고 했다.

그러나 미안하다고 해야 할 사람은 어머니였기에 다음 달에 있는 명절에 나는 가지 않았다.

난 그리 배포 두둑한 여자가 아니었지만 참을 수 없는

자존심이 갈기갈기 찢어졌기에 가지 않았다.

생각했다. 시아버지와 아주버니가 욕하시겠지? 우리 집에 당장이라도 쳐들어오겠지?

조용한 집안은 아니라서 내심 걱정했었다.

명절이 지난 후, 시아버지는 나를 보러 오셨다. 시아버지는 내 얘기를 끝까지 들어주셨고 아주버니는 남편에게 내 걱정을 하며 다독거려주라고 했다고 한다. 그 순간 느꼈다.

'모두가 어머니를 알고 있구나.'

무엇이 어머니를 그리 만들었을까?

남편과 아들들이 어머니를 그리 만들었을까? 아니면 어머니가 남편과 아들들을 그리 만들었을까?

한 번의 화해

결혼한 며느리가 명절에 오질 않았으니 시어머니는 어처구니가 없었을 것이다. 명절에 며느리가 없다는 건 말이 안 되는 분위기니 말이다.

어느 날 시아버지가 어머니를 말도 없이 데리고 오셨다.

시아버지 얼굴에 환하게 웃다가 뒤따라 들어오는 어머니 때문에 난 얼굴이 굳어져 버렸다.

설거지하는 척을 했더니 앉아보라고 했다.

아기에게 줄 먹거리를 바리바리 풀면서 아무 일도 없었다는 듯이 태연한 얼굴로 앉아보라고 했다.

솔직히 얼굴을 마주하는 게 힘들었다.

"야! 우리 싸운 거 잊어버리자! 없었던 거로 하자!"

그 순간 나도 모르게 눈을 부라리며 벌떡 일어나 울면서 소리쳤다.

"내 부모를 욕되게 하시고 없었던 일이라구요? 그렇게 소리를 질러대시곤 없었던 일로 하자구요?"

어머니는 많이 놀라셔서 토끼 눈이 되셨고 정작 본인 자신은 그런 말을 한 적 없다고 하셨다. 기억이 안 나신다고 하셨다. 필터링 없이 쏟아냈던 말들을 전부 기억 못 하시나 보다.

기억하지 못한다는 것이 면피의 사유가 되지 않음을 나는 알고 어머니는 모르신다.

어쨌든 남편과 시아버지의 중재 하에 일단락이 되었다.

사과하셨지만 난 그 뒤로도 어머니의 전화를 받을라치면 가슴이 쿵쿵 나댔었다.

폰 화면에 '시어머니'라는 글자만 떠도 심장이 내려앉았다. 식사 도중에 전화를 받으면 곧바로 속이 울렁거려 게워내곤 했었다.

그 후로도 가시 돋친 말들이 이어졌기에 늘 마주하기가 불안했고 불편했다.

알고 보니 나는 그런 부류의 시어머니를 상대하기엔 아주 많이 심약한 며느리였다.

다시는 생신상이 없다

결혼하자마자 시아버지 생신이 되었다.

나는 무슨 대대로 내려오는 가풍인 것처럼 시아버지에게 예쁨 받는 며느리가 되고 싶어 생신상을 차려 시댁 식구들을 초대했다.

생전 요리라곤 해보지 않았던 내가 남편과 함께 정성 들여 생신상을 가득 차려냈다.

맛없으면 어쩌나, 좋아하실는지 궁금해하며 최선을 다했다. 우리 부모님에게도 못 해준 생신상을 차렸다. 다들 모였다. 좋아하셨다. 그러나 내 얼굴은 일순간에 굳어졌다.

내 앞에 앉아계셨던 어머니가 아주버니에게 속닥거리
고 있는 게 아닌가!

"지연이네는 술을 안 먹는데, 글쎄."

시어머니의 말투는 사람의 마음을 후벼 판다.

아주버니가 듣자마자 나를 보며 돌직구를 날리신다.

"술 안 먹고 무슨 재미가 있어요?"

우리 가족들은 부어라 마셔라 스타일은 아니지만, 부모
님은 반주하시기도 한다. 술 없이도 즐겁게 대화를 잘 나
누는 우리 집이다.

시댁 식구들은 늘 으르렁댔다.

어느 날은 시아버지가 술 때문에 늦게 귀가하시는 바람
에 어머니가 문을 안 열어주신다고 나에게 전화를 하신 적
도 있다.

또한 술 안 먹고 무슨 재미가 있냐고 말했던 아주버니는
음주운전을 꽤 여러 번 했다.

내가 차린 밥상을 뒤엎고 싶은 순간이었다. 면전 앞에서 참 어른답지 못한 행동들이었다.

시어머니 생신이 되었다.

우리 집에서 가장 큰 냄비에 미역국을 한가득 끓여서 동 그랑땡과 함께 기분 좋게 가져갔다.

소고기를 넣은 미역국에 요리 고수만 하는 줄 알았던 동 그랑땡을 뽐내며 정말 즐거운 마음으로 가져갔다.

모인 가족이라곤 시부모님, 우리 가족, 아주버니 내외였 다. 7명.

우리끼리 먹기에도 양이 많았지만, 어머니의 한마디에 다시는, 다시는 결코 미역국을 끓이지도 않고 더 이상의 어머니를 위한 솜씨 발휘는 없었다.

"누구 코에 붙이냐?"

고맙다는 말, 수고했다는 말은 필요 없다.

제발 상처 되는 막말은 거둬줬으면 했다.

숱하게 나름 노력했다. 한국 며느리니까 숱하게 나름 참기도 했다.

결국 돌아오는 건 변하지 않는 어머니였다.

가끔 어머니가 남편과 싸울 땐 모든 화살이 나에게 돌아왔다. 며느리라는 이유만으로 모든 화살은 나에게 꽂혔다.

서러운 눈물이 왈칵

명절 전날이었다. 임신 7개월쯤이었던 건 정확히 기억 난다. 남편의 식당은 명절에 매출이 높아 쉴 수가 없었다. 그래서 그날은 식당에서 가족 모두가 제 할 일들을 하며 돕는다.

나도 자잘한 일들을 도왔다. 남편이 고생하므로 당연히 해야 할 일들이었다.

늦은 저녁 무렵 남편을 남겨두고 나와 형님, 시어머니는 어머니 집으로 왔다. 오자마자 작은방에 혼자 누워있었고 어머니와 형님은 거실에서 TV를 보고 있었다.

　내 몸은 무거웠고 골반이 묵직해 옆으로 누워 골반을 마사지하고 있었다. 너무 아파서 누워있는데 형님이 들어와 아픈 나를 보더니, 어머니에게 아프다는 얘기를 건넸다.

　형님 어머니~ 동서 골반이 많이 아프다네요~
　어머니 난 잘 모르겠닷! 기억이 안 난닷!

　차갑고 앙칼진 목소리를 들으니 눈물이 왈칵 쏟아졌다.
눈물이 멈추지 않았다. 아직도 상처로 남아있다.

　물론 어머니는 기억이 가물가물한 연세가 되었다.
　하지만 말 한마디로 사람을 천당과 지옥으로 보낸다고
하지 않았던가!
　어떻게 본인 아들의 아내에게 그렇게 무심한 말을 상처
되는 말을 내뱉을 수 있는지 참 서러웠다. 누워있는 내 방
에 와서 따뜻한 말 한마디 건넸다면 얼마나 좋았을까?

어머니의 아무 말 대잔치

시어머니가 눈 수술을 하게 되었다. 연세대 세브란스 병원에 모시고 갈 사람이 나로 정해졌나 보다.

그때 나에겐 내비게이션도 없었고 초행길은 잘 못 찾아가는 길치여서 안 되겠다고 했다. 결국 형님이 모시고 가 병원에서 수술을 잘 끝내고 마무리하는 즈음에 남편이 어머니를 모시고 오는 중이었다.

나는 전화를 하지 말았어야 했다.

"어머님~ 잘 끝내셨어요? 어머님~ 맛있는 저녁 먹어요. 뭐 드시고 싶으세요?"

어머니는 딱 한마디 하셨다.

"너희들이나 처먹어라!"

나는 살아오면서 부모님이나 형제들한테도 들어보지 못한 말을 듣고 말았다.

아주버니는 어머니와 상극이다.

18년 동안 내가 보아온 그림은, 만나면 으르렁거리는 마치 서로 잡아먹을 듯 싸워대는 사자들 같았다.

그런 아주버니는 어머니를 만나면 늘 싸웠고 한참이나 어머니를 뵈러 오지 않았다.

결혼 초에는 아주버니를 자식으로서 너무했다고 생각했었다. 그러나 그랬던 이유를 그래야만 했던 이유를 18년 동안 내가 겪어 본 끝에 알게 되었다.

어느 날 아주버니는 어머니에게 화를 내면서 예전에 힘들었었던 나와 형님의 얘기를 꺼냈었더랬다.

"엄마 때문에 집사람과 재수 씨가 얼마나 상처받고 힘들었는지 알아!"

어머니는 딱 한마디 하셨단다.

"상처받은 것들이 병신들이지!"

그래, 정말 그 말이 맞다. 상처받은 내가 병신이었다.

어느 날 아침이었다.

"아버지 잠깐 봐줄 수 있냐?"

"어머니~ 저 지금 멀리 나와 있어서 안 돼요~"

"알았닷!"

뚝 끊어버렸다.

남편이 늦는 바람에 시댁에 늦게 도착했었다.

"어머니, 저희 왔어요~"

"왔냐?!"

쳐다보지도 않으신다.

뭔가 화나신 상태로 말씀을 하신다.

"지연이 좀 시켜 먹으려고 했더니 지금 오냐?"

힘이 약한 며느리보다 힘센 본인 아들을 시켜 먹기 좋을

텐데 잘 모르시나 보다.

"너희 친정엄마는 얼굴에 주름 좀 펴야겠더라~"
"너희 친정은 왜 빌라 산다니?"
"너희 친정아버지 얼굴에 딱 쓰여 있더라! 고지식이라
고."

아무 말 대잔치가 열린 것 같았다. 어머니는 필터링 없
이 쏟아부으신다. 입에서 나오는 말들은 죄다 남 뒷담화에
다 본인 자화자찬이다. 지금은 연세가 있으셔서 좀 줄어들
었지만, 여전히 귀에서 피가 나올 것 같다.

나는 결혼 후 어머니와 대화를 하고 싶었다. 아들만 셋
이라 딸처럼 경청하려고 노력했었다.

오가는 대화는 아무리 길어도 즐겁지만 남을 배려치 않
는 일방통행인 대화는 더 이상 대화가 아니라 지껄임일 뿐
이다.

어머니만 모르신다.

어머니의 착각

어느 날 무슨 얘기를 들어서인지 전화가 걸려왔다.

큰집에서 출소한 남편의 막냇동생이 정말 몇 년 만에 어머니 집에 온 것이었다.

시어머니는 나에게 득달같이 전화를 하셔서는

"어제 막내가 큰형(아주버니)이랑 술 먹더니 큰형이 그랬다더라! 내가 너에게 상처를 많이 줬다고? 내가 너한테 상처 준 거 있냐?"라고 물었다.

나는 그저 듣고 있었다. 아무 말도 하지 않았다.

그랬어야 했다.

"네! 상처를 많이 받아서 아직도 아파욧! 저 너무 힘들었어욧! 심한 복통에 응급실도 갔었고 마음의 병도 얻었어욧!"

그러지 못했다. 큰 분란을 만들고 싶지 않았고 더군다나 아이가 옆에 있었다.

가끔 큰 착각에 빠져 계실 때가 있다.

"나는 너한테 스트레스 준 적 없지?"라고 물으시면 나는 웃으며 대답하지 않았다.

무응답은 '있었다'라는 표현인데 절대 알지 못하신다.

그 힘든 세월 동안 어머니에 대한 스트레스는 남편에게 다 쏟아붓느라 모두가 힘들었는데도 본인 당신만은 좋은 시어머니라고 생각하신다.

큰아들이 죽을 듯이 퍼부어대도 막내아들이 경찰서를 수도 없이 드나들어도 본인 당신 잘못은 없다고 하신다.

"난 잘못 없다."

당당하시다. 지금도 놀라울 따름이다.

우리 식구 다 됐더라

80세인 어머니는 여전히 아버님을 모시고 여전히 데시
벨이 높은 짱짱한 목소리로 나보다 더 건강하게 살고 계신
다. 가끔 아프실 때가 당연히 있지만 말이다.

어느 날 전화가 와서 시아버지 밥만 챙겨 달라고 하셨
다. 종종 있는 일이다.

아침에 부랴부랴 연락받고 갔더니 침대에 누워계셨다.
어제 텃밭에서 일하시고 점심을 급히 드신 게 탈이 났던
거였다. 금방 게워냈고 좀 어지럽다고 하셨다.

나는 바로 누워계신 시아버지께 식사를 차려드렸다.

어머니는 그 아픈 와중에도 쉴 새 없이 수다를 떠셨다. 내 기운이 바닥으로 한없이 내려앉았다. 내가 누울 판이었다.

나는 얼른 차를 몰고 죽집에서 죽을 사고 마트에서 시아버지 드실 만한 바나나와 우유를 샀고 빵집에 들러 빵을 사다 드렸다. 좀 나으셨는지 찜질방에 가신다길래 모셔다 드리고 집으로 왔다.

며칠 후 남편과 카페에 앉아 조각케이크를 먹고 있는데 남편의 말 한마디에 그토록 달달한 조각케이크가 그토록 쓰디쓰다는 것을 처음 알게 되었다.

"엄마가 그러던데, 너 우리 집 식구 다 됐다고~ 그때 고마우셨나봐."

무수리처럼 수발을 잘 들면 좋은 며느리인가보다. 젠장!

18년 동안 내가 그 집 식구였다면 왜 나는 마음이 곪아버렸을까? 나는 백년손님이고 싶다.

남편이 우리 친정집에 백년손님이듯.

쪽팔린 얘기지만

떨리고 두근대는 내 심장을 달래기 위해서 가는 길에 약국을 들러 청심환을 사 먹었다. 시부모님께 첫인사를 드리러 가는 날이었다. 그때까지 시부모님은 작은 식당을 운영하고 계셨다. 그래서일까? 단지 바빠서 그랬을까?

어느 누구한테서도 들어보지 못한 장면이었다.

인사를 드린 후 점심을 먹어야 하는데 솔직히 정말 솔직히 어이없어서 먹고 싶지 않았다.

상위에 놓인 그러니깐 배달된 냄비 속의 작은 양의 오징어 찌개와 딸려온 밑반찬 몇 가지들이다.(솔직히 건더기가 오징어였는지도 가물가물하다.)

난 분명 손님인데 이상했다.

'나 며느리 될 사람인데 이 대접은 뭐지?'

남편이 먼저 우리 집으로 인사를 드리러 왔었다.

친정엄마는 정성을 다해 상다리가 부러지도록 육해공군을 다 올리셨다. 원래도 손이 크시지만, 사위가 될 사람이 온다고 하니 거하게 한상 가득 차려내셨다.

그랬다. 남편은 환대받았고 난 도대체 뭘 받은 걸까?

차라리 바쁘셨다면 중식당에 가서 짜장면이나 대접해주지!

우리 친정엄마가 알면 어떠셨을까? 마음이 아프셨겠지!

친구의 시어머니들

"일주일에 3번이나 전화하셔. 받을 때까지! 결혼 초에는 매일 하셨잖니? 남편 아침밥을 해줬냐고! 내가 내 남편 밥 차려주려고 결혼했니? 그 짓 하려고 대학 공부했니?"

"아니, 같이 사는 나는 우리 집 가면 귀한 딸인데 며느리가 몸종이냐? 글쎄, 선물로 들어온 홍삼 가지고 남편하고 어머니 둘이서 서로 먹으라고 다투더라. 나 청소기 돌리고 있는데 말이야. 나 도우미 아줌마 같더라."

"나, 방광염 심하게 걸렸었잖니? 그래서 주말에 시댁 행사에 못 간다고 어머니한테 전화를 드렸더니 왜 하필 지금 그런 게 걸렸냐고 짜증내시더라니깐! 그러더니 그냥 끊으시더라고. 어처구니가 없더라고! 무슨 딸처럼 생각해? 어불성설이다."

"같이 살 때 말이야. 밥을 해서 제일 먼저 남편 퍼주고 그 다음 본인 것 푸고 나는 항상 꼴찌더라구. 주걱에 붙은 나머지 밥풀을 그릇 끄트머리에 긁어서 주더라니깐! 모양새가 정말! 내가 뭐 잘못한 거 있니? 상견례 때 딸처럼 대해주겠다고 하더니! 여자의 적은 여자인가 봐."

만약에 먼 훗날, 딸이 결혼해서 나와 같은 상황에 지치고 힘들어하면 친정엄마로서 꼭 말해주리라.

"너의 삶이 누군가에 의해 피폐해진다면 제발 그만두길 바란다. 네가 먼저란다. 그 누구도 너를 대신할 수 없어! 제발 멈춰! Please stop it."

이상한 나라의 명절

시댁을 먼저 간다. 대대로 내려오는 전통이란다. 이때까지 그렇게 해왔으니 그러는 게 마땅하다고들 한다. 그래서 나도 그렇게 하고 있다. 대한민국의 모든 며느리가 그렇게 하고 있다.

앞으로도 얼굴 붉힐 일이 없어지려면 그렇게 하고 살 거라고 생각하고 있다. 18년 동안 해왔던 것처럼.

한번은 남편에게 물었다. 왜 늘 시댁에 먼저 가야 하는지에 대해서. 불공평하다고 말했다.

남편은 간단명료하게 대답했다. 시어머니한테 직접 말해보란다.

나도 워낙 대한민국에서 태어나 보고자란 게 우리나라의 명절 전통이다 보니 말을 꺼내 보질 않았지만 지금도 이해 안 되는 건 매한가지다.

어떤 시어머니는 며느리에게 두 번의 명절을 번갈아 가면서 친정, 시댁을 들르라고 하셨다는데 정말 현명하신 분이시다.

이런 시어머니는 표창장 정도는 받아야 한다.

어느 명절 당일 점심에 아버님이 서울에 있는 친척들에게 손녀를 보여주겠다고 시동을 거시며 같이 가자고 하셨던 일이 있었다.

그때가 결혼한 지 3년 정도 된 것 같은데 안 가시던 친척집에 가신다는 것도 황당했지만 친정 가는 날인데 앞뒤 없이 그러시니 순간 당황했었다.

잠시 머릿속이 복잡했지만 말씀드렸었다.

"아버님~ 저 친정 가야죠~"

며느리도 친정이 있다는 걸 잊으신 걸까? 며느리도 엄마, 아빠가 눈 빠지게 딸을 기다리신다는 걸 헤아리지 못하신 걸까?

세 번째,
살 수 없는 시간들은 없다

상처로 남은 날의 기억들 1

늦은 나이에 꿈을 갖고 카페에서 파트타임으로 일하기 시작했다. 동료들은 모두 20대 초중반. 그들과 함께 일하는 게 즐거웠다. 꿈이 있기에 쪽팔린 것도 없었고 시간당 5,800원을 받는 것도 감사했다.

대학시절에는 호프집, 삼계탕집, 주유소, 백화점 등에서 일하며 다양한 경험을 쌓았다. 그것을 토대로 다시 시작할 마음으로 임했다. 누구보다 친절하고 성실하게 임했다.

어느 날 여자 손님들이 모임 하느라 카페에 와서는 아메리카노와 샌드위치를 주문했다.

아메리카노를 만들고 샌드위치를 오븐에서 뺀 후 손님에게 건넸다.

1분 후쯤 한 손님이 베어 문 샌드위치를 갑자기 내 입에 들이대더니

"먹어보세욧!"

하는 게 아닌가. 어이없는 매너 없는 행동에 놀라서 쳐다봤더니

"속이 차갑잖아욧!"

짜증을 내며 말했다. 다시 오븐에 넣어 데운 후 드렸다.

다른 일행 분들이 멋쩍어하며 고맙다고 받았다.

순간 이런 배려 없는 인간에 대한 자괴감이 들었었다.

"다시 데워주세요~"라는 말 한마디가 뭐 그리 어렵다고 나를 우습게보나 싶어 속상했다.

상처로 남은 날의 기억들 2

30대 임산부가 카페 안으로 들어왔다.

"아메리카노 한 잔이요~"

모니터를 확인하며 물었다.

"네~ 손님 아메리카노 한 잔 맞으시죠?"

재차 확인한 후 아메리카노를 드렸더니 라떼를 시켰다고 버럭 화를 냈다. 재차 확인했던 이유는 손님이 스마트폰을 계속 보면서 주문하길래 재차 확인했던 것이었다.

상냥하게 아쉬움을 섞어 말하자 무슨 말대꾸를 하느냐

고 손님들 있는 데서 화를 냈다.

내 얼굴은 순식간에 굳어졌지만, 다시 해드린다고 하며 고개를 돌렸다. (사람인지라 아무래도 힘이 들어간 고갯짓이었다)

그러자 "됐다."라고 하면서 카페 사장 명함을 달라고 했다. 뭐 어려울 것도 없었다. 말이 떨어지기가 무섭게 바로 한 장 건넸다.

나가면서 하는 말이 더 가관이었다.

"잘못했으면 잘못했다고 할 것이지! 왜 토를 달아? 아이씨!"

그러고는 문을 쾅 닫고 나갔다.

'나는 아이씨!가 아니고 지연 씨 ! 야! 이 못 배운 여자야!'

어찌나 화가 나던지 나도 한 성깔을 보여줄까 싶었지만 참았다. 갑자기 눈물이 왈칵 쏟아져 나와 버렸다.

이 나이에 사장도 아닌 파트타임 일을 하고 있으니 우스웠나보다.

30분쯤 사장님께 전화가 왔다.

자초지종을 얘기했더니 사장님이 그러셨다.

"내가 그랬어. 그럴 직원이 아니라고! 신경 쓰지 마!"

그날은 슬펐지만, 한편으로는 믿어주는 이가 있어 참 뿌듯했다.

며칠 후 이 동네 만에도 카페가 한둘이 아닌데 그 진상은 친구들과 함께 와서는 아메리카노를 마신다. 철면피가 따로 없다.

나는 이렇게 살고 싶었다

40대가 되어 아이가 어느 정도 크면 카페 사장이 되고 싶었다.

20대 때 실패를 맛본 후 진정한 나만의 사장이 되어 다시 한번 20대의 열정으로 살아보고 싶었다. 상상만이라도 즐거웠다.

아이가 저학년일 때 재택근무로 파트타임 업무를 했었고 아이가 고학년이 되면서 카페 파트타임 업무에 매진했었다.

나이가 많아 일하기에 어려운 조건이기에 바리스타 자격증을 급하게 취득해 무조건 하겠다고 할 수 있다고 했었다.

어리디어린 20대 초중반의 친구들과 일하는 것이 행복했지 창피하지 않았었다. 꿈이 있었으니까.

다시 한번 20대처럼 열심히 살고 싶었었기에 밑바닥부터 시작했다.

경력이 쌓이다 보면 점장도 되고 그러다 보면 사장도 될 거라는 희망찬 바람으로. 또한 사춘기가 되어가는 아이 앞에 당당한 엄마의 모습도 보여주고 싶었었다.

그러나 내 인생엔 건너가야 할 아마존 같은 큰 강이 있었다는 걸 그때쯤에 알게 되었다.

몸 상태가 안 좋아지기 시작하더니 모든 게 올스탑 되었다. 일도 그만둘 수밖에 없었다.

나는 환자다

결혼 전에도 체력이 좋은 편은 아니었다.

남들보다 몸살감기도 잘 걸리고 기침을 하면 끝장을 봐야 나아졌었다.

결혼해 살면서 남편은 늘 말한다.

"너무 예민해."

내가 예민한 것을 알지만, 여자는 남자들처럼 단순할 수가 없다.

결혼 후 신경을 쓸 것들이 더 늘어가면서 마음뿐 아니라 몸도 같이 예민해진 것 같다. 밤에 자다가 아기가 꼼지락거리기만 해도 금방 잠에서 깰 정도였다.

　체력도 되지 않는 엄마가 체력 좋은 아기를 키우는 건 힘에 부치는 일이었다. 거기에 기름을 들이붓는 시어머니 덕분에 온갖 스트레스에 시달렸었다.

　배를 움켜쥐고 응급실에 간 적도 있었다.

　한동안 악에 받쳐 이 모든 병은 다 시어머니 때문이라고 억울해한 적도 있었다.

　나는 월경 증후군, 공황장애, 대인기피증, 우울증, 고소공포증, 폐소공포증, 불면증 등에 시달렸다.

　하여튼 마음의 병과 함께 더불어 모두 내게로 덮쳐왔다.

　나는 환자다.

　그러나 내가 환자인지 나도 몰랐었다.

고통

　30대부터 '월경증후군'으로 때가 되면 몸이 많이 가라앉았었다. 힘들 정도로.

　어찌할 바 모르는 내 몸은 지하 100층에서 허우적거리는 것 같았다. 누워서 일어날 수가 없었다. 그땐 알 수 없었다. 병명이 뭔지를.

　몇 년 전에서야 병명이 '월경증후군'이라는 걸 알았다.

　별의별 증상을 다 겪는 월경증후군은 그야말로 원인을 알 수 없다고 하여 증후군이라고 불린다. 양방병원이든 한

방병원이든 다 찾아 다녀봤지만 생소한 병명은 아무도 알
지 못했다.

어느 날 남편이 생리할 때쯤에 심한 것 같다는 말 한마
디에 책도 찾아보고 검색도 해본 끝에 병명을 스스로 알게
되었다.

난 늘 누워있어야 했다. 손끝 발끝에서부터 힘이 다 빠
져나갔고 두통에 어지럼증에 숨쉬기도 곤란해 식은땀이
나면 일어날 수조차 없는 상태였다.

지하 100층에서 아니, 200층에서 허우적거리는 나를 보
는 나 자신은 참으로 처참했다.

반복되는 고통에 더 많은 병을 보너스로 얻었다.

아픈 사람들은 공감할 것이다.

내 모습은 영락없는 병자다 보니 일부러 사람을 안 만나
게 되고 못 만나게 되는 대인기피증이 왔었고 내가 누군지
여긴 어딘지 숨이 턱 하고 막히는 쓰러질 것 같은 공포를

느끼기 시작했다. 바위틈 사이로 겨우 숨을 쉬고 있는 듯
했고 식은땀이 줄줄 나면서 죽겠구나 싶은 두려움에 나를
어찌할 줄 몰라 차라리 죽는 게 낫지 않을까 생각했었다.

내 주위에 아무도 내 상황을 몰랐고 나조차 병명을 몰랐
던 이 '공황장애'가 너무나 두려웠었다. 걷다가도 내가 쓰
러지면 누가 도와줄 수 있겠냐는 공포에 사로잡혀 있었다.

병은 꼬리에 꼬리를 무는 것 같았다.

어느 날 잠을 자지 못하더니 역시나 모든 병의 피날레는
심한 우울증이었다.

2년 동안 매일 눈물이 멈추지 않았다. 울고 싶지 않아도
왜 그렇게 눈물이 나던지.

아침에 눈이 안 떠지길 바랐었다. 그때는.

월경증후군은 월경이 시작되기 10일 전부터 시작해 월
경이 시작되면서 끝나는 경우도 있고 끝날 때까지 지속하
는 경우가 있다.

증세는 배와 머리가 아프고 유방통도 느껴지면서 몸이 통통 붓는 신체적인 변화가 나타난다. 또 불안, 초조, 불면증, 우울증 등을 겪으며 심하면 자살 충동까지 일으킨다.

정확한 원인은 알려져 있지 않지만 프로스타글란딘 과잉 분비와 함께 엔도르핀 불균형, 세로토닌 부족, 면역반응의 이상들이 원인이라고 추측된다.

동병상련

방송을 보다 보니 연예인들의 '공황장애' 커밍아웃하는 것을 많이 접하고 있다.

직업을 막론하고 갑작스럽게 휘몰아치는 이 무서운 병을 사람들은 서서히 알게 되었다.

나는 동병상련을 느낀다. 한편으로 내 동지가 생긴 것 같아 안도하고 내 병을 공유하는 거 같아 내심 든든하기까지 하다.

아무리 설명을 해도 이해 못할 부분이기에 나만의 쓸쓸

한 고통이었다.

북적이는 사람들 사이에 나는 온몸을 긴장시켜야 하고 그로 인해 식은땀과 불안증세가 함께 콜라보하듯 내게로 온다.

'괜찮아'를 연신 되뇌며 애써 난 정상이라는 듯 힘겹게 그곳을 피한다.

많이 노력했으므로 많은 시간이 지났으므로 요즘은 어느 정도 조절이 되긴 하지만 언제까지 함께 해야 할지 몰라 답답하다.

이런 나만의 증상들을 다른 모르는 누군가가 겪는 걸 알았을 때 작은 '위로'가 되었었다.

극복은 못 한 채 이기려 했으나 이기지 못한 유명 연예인들의 방송중단 얘기를 들으면 참으로 안타깝다.

나도 역시 아픈 와중에 몇 번이나 도전했던 내 꿈을 시도했었으나 그만둘 수밖에 없었다. 지금은 많이 내려놓았다.

일해 돈을 버는 걸 좋아하는 나로서는 아직 젊은 나이에 일할 수 없다는 것만으로 참 힘겨웠고, 좌절했었다.

내가 마치 구겨진 종이 쪼가리 같았다.

의사의 말. 말. 말

"선생님~ 저 월경증후군인가 봐요. 사회생활조차 할 수
가 없네요. 땅속 동굴에 있는 것 같아요."

모니터를 바라보는 의사의 말은 나를 더 이상 병원에 의
지 못 하게 만들었다.

"수치가 모두 정상이에요~ 괜찮아요."

내가 죽겠다는데 내가 미치겠다는데 그깟 수치로 내 병
을 병이라고 말하지 못하는 의사를 난 더 이상 믿을 수 없
었다. 수치는 수치일 뿐이었다. 최소 나에게만은!

어느 의사는 나에게 이 약은 호르몬제가 아니니 걱정하지 말고 3개월 동안 매일 복용하라고 했다. 영양제보다 더 안전하니 시간 맞혀 먹어보라고 했다.

그래 믿고 먹어보았다.

'나을 거야 꼭!' 난 3개월 있으면 행복해질 거라는 믿음으로.

3개월 후 난 여전히 먹기 전과 후가 똑같았다.

"선생님, 저 월경증후군인가 봐요. 너무 괴로워 살 수가 없어요. 지금도 어지럽고 머리에 피가 없는 것 같아요. 침대에서 일어날 수가 없네요."

진맥을 짚어보더니

"피가 모자라네요. 어떻게 이 몸으로 사세요? 다시 말해 생리 후에 다시 혈이 적재적소에 잘 못 가서 그래요. 머리까지 잘 못 올라가네요."

또 다른 진맥을 짚어보더니

"큰 솥이 있는데 물을 넣어야 팔팔 끓겠죠? 근데 물이 없으니 솥만 연기 나면서 타는 거예요. 그런 몸 상태죠. 한약을 꾸준히 먹으면 싹 다 나아요. 걱정하지 말아요."

나는 꾸준히 먹고 또 먹었다.

잠시 복용할 때뿐이었을까? 나는 여전히 똑같았다.

지푸라기라도 잡는 심정으로 양방병원과 한방병원으로 많이도 다녔었다.

그러나 나에게 모두 무용지물이었다.

YOU ARE WHAT YOU EAT

죽고 싶었지만 살고도 싶었다. 내 옆엔 내 가족이 있기에.

난 도서관에 가서 관련된 책들을 찾아보기 시작했다.

하지만 '월경증후군'에 관련된 책은 찾아보기 힘들었다. 하기야 그때만 해도 의사들도 잘 모르는 눈치였으니깐.

나는 달리 방법을 찾지 못했지만, 히포크라테스가 말한 'YOU ARE WHAT YOU EAT'(당신이 먹는 것이 당신을 만든다)라는 문구에 큰 깨달음을 얻고 식생활 개선을 하기로 했다.

아프기 전에는 남들 먹는 것처럼 먹었다. 그러나 나에게 병이 찾아왔다.

그러니 분명 남들과 다르게 편식을 해야 한다고 생각했다.

요즘 현대사회에서는 '편식하면 안 된다'라는 말이 여러 가지 '생활습관병'을 낳고 있다.

과식 과음 과욕으로 인해 고혈압, 고지혈증, 당뇨 등등.

그래서 어쭙잖게 알게 된 지식으로 편식을 하기로 했다. 고기와 밀가루를 많이 줄이기로 했다. 운동할 만한 체력이 없기에 음식으로 고쳐보자는 생각이었다.

그래서 현미밥과 채소 위주의 식단으로 바꿨다.

경계선 없던 내 몸이 지하 100층에서 서서히 올라오는 것 같았다.

양방의 대증요법에 지쳐 한방요법에도 매달려봤으나

그때뿐이었기에 마지막으로 나만의 식단에 올인 했었다.
그러더니 서서히 아주 미세하게 변화가 있는 듯했다.

늘 소화불량이던 위가 좋아지고 늘 설사했던 장이 좋아
졌다. 다시 말해 위장이 좋아졌다.
어리석게도 왜 소화를 못 시키는지 왜 설사를 하는지조
차 무시했던 아니 무지했던 시절이 있었다.

우리 몸은 로봇이 아닌, 각 부분이 서로 밀접하게 연결
되어 있어서 떼어 낼 수 없는 유기체이다. 다시 말해 머리
가 아프다고 머리만 떼어내어 고칠 수 없단 얘기다.
머리가 왜 아픈지 가장 기본적인 위장부터 살펴볼 필요
가 있는 것이다.
난 수십 년간 공부한 의학박사가 아니기에 갈 길이 끝도
없이 멀지만, 희망이 조금씩 보이기 시작했다. 기뻤다.

저 아줌마 누구니?

아프기 시작하면서 날씬했던 나는 나도 모르는 사이에 앞자리가 바뀌어 있었고 순간 스쳐 지나가는 유리문에 비친 어떤 아줌마 실루엣을 보고 소스라치게 놀랐었다.

아프면서 거울 들여다본다는 게 사치였고 내 몸을 관찰하는 건 더욱더 욕심이었다.

아무것에도 관심이 없었고 오롯이 '왜 내가 아파야 하는지'라는 괴로움에 시달리면서 늘 악몽을 꿨었다.

그러다 나는 어느새 내가 편견을 갖고 있었던 중년의 아줌마 몸이 되어버렸다.

다행히 식단을 편식한 후 운동 없이 한 달에 1킬로그램씩 빠졌었다. 어찌 됐건 다시 날씬해지고 있었다. 분명히! 하지만 기쁨도 잠시, 욕심이었을까?

새로 파트타임을 하던 중 심한 어지럼증 때문에 집에서 쉬는 동안 활동이 없어서 그런지 다시 살이 찌기 시작했다. 이젠 내 살들이 어떠한 움직임에도 꿈쩍하지 않는다. 속상하다.

여자는 호르몬에 죽고 호르몬에 산다더니 호르몬에 이상이 생겨 많이 먹지 않아도 모두 모두 내 뱃살 허벅지살 팔뚝살 등살로 모이기 시작했다.

식단이 예전과 다름없어도 여전히 모든 살이 시위하듯 꼼짝하지 않고 숨어있다. 비친 거울 속 나는 또 거울보기가 싫어졌고 난 묻는다.

'누구세요? 아줌마?'

'거 뱃살이 심하지 않소?'

오늘도 내 뱃살이 고개를 든다.

나도 막 먹어버릴까?

요즘 완벽하진 않지만, 백색 음식을 피하는 채소 위주 식단으로 노력하고 있다.

자기 머리카락을 손수 못 깎는 스님처럼 남의 병에 왈가왈부하면서 내 병을 못 고치는 나이지만 예전처럼 먹는 것에 그다지 신경 쓰지 않았던 때에 비하면 큰 노력을 하고 있다.

그래서인지 소화가 잘되고 변도 잘 보고 위장이 좋아졌다.

저녁 식사 이후엔 배고파도 웬만하면 잘 참고 버티는 힘
도 생겼다.

그러나 간혹 먹는 방송을 보다가 굉장히 허무할 때가 있
다.

다들 건강한 얼굴로 편식하지 않는 음식들로 가득한 밥
상을 품에 안고 식사하는 모습이 부러울 때가 있다. 그럼
나도 막 먹어볼까? 인스턴트, 밀가루, 술, 고기 등 닥치는
대로!

어느 날 방송에서 나이가 40대인 여성분 때문에 화가 났
었다. 아니, 질투였다.

"제 주식은요. 커피, 빵, 우유, 초콜릿, 과자에요."

"운동이 뭐예요? 행복이 별건가요? 맛있는 거 먹고 사는
거죠."

"운동은 숨쉬기 운동만 해요. ㅎㅎ"

"얼마 전에 건강검진을 받았는데 혈압, 고지혈증 모두
다 정상이래요."

"의사 선생님이 그러더라고요. 태어날 때부터 유기농 음식만 드셨나요? 혈액이 아주 깨끗해요."

그 여성분은 날씬했고 피부에 윤기가 났으며 행복한 얼굴을 하고 있었다.

슬펐다. 나도 막 먹어버릴까? 의욕이 없어진다.

걷다 보니 내가 살아있더라

걷는 걸 좋아한다.

햇빛을 받으며 걷는다는 건 행복하다.

세로토닌 호르몬이 뿜뿜대며 나오는 것 같아 활기차다.

누워 있고 싶지 않지만 어쩔 수 없이 누워있을 땐 몸이
괴롭고 마음마저 괴롭다.

감감한 동굴 속에서 헤어 나오지 못하고 더 파고드는 그
런 때를 제외하고는 나는 걸을 수 있을 때 많이 걷곤 한다.

아프기 전에 몰랐던 '걸을 수 있다'라는 별거 아닌 것 같

던 이 문구가 지금 너무나도 소중하게 느껴진다.

머리가 멍하고 어지럽고 손끝 발끝에 기력이 없을 땐 걷는 거조차 나에겐 사치일 뿐이다.

시간이 지나 다시 걸을 수 있게 될 때 그때는 늘 감사함이 떠나질 않는다.

걷는 걸 좋아하는 남편과 함께 걷다 보면 평상시보다 더 걷게 된다.

얘기하다 보면 노래를 듣다 보면 더 걸을 수 있는 힘이 생긴다.

힘들지만 억지로 나와 조금이라도 걸을 수 있을 땐 내려놓는 마음으로 '감사하다' 생각한다.

걸을수록 살아있는 걸 느끼게 된다.

지금도 글을 마무리하고 걸어야겠다는 생각이 든다.

비가 오거나 눈이 오거나 핑계 대지 말고 걸을 수 있을 때 걸어야겠다.

치유

모든 이들이 나처럼 상처받고 살아가고 그 상처에 상처로 치유하기도 한다.

단지 깊고 낮음의 상처를 보듬고 살아가는 이들이 서로 다른 삶을 살 뿐이다.

돌부리에 걸려 넘어지거나 칼에 베여 피가 나면 연고를 바르면 얼마 있지 않아 딱지가 지고 말끔히 낫는다.

사람과 사람의 관계에서도 바르는 약 하나로 모든 상처가 나아지면 얼마나 좋을까?

나 같은 심약한 성향을 가진 사람들은 더군다나 상처 아물기가 꽤 오랜 시간 걸린다.

나 같은 사람은 예전의 기억들이 시간이 갈수록 더 또렷해진다.

나이가 들면 잊을 수 있을 거라 아니 잊혀질거라 믿었었는데 절대 그럴 수가 없다는 걸 이제야 알게 됐다.

치유의 길은 멀고도 험하지만, 치유를 외면할 경우 더 큰 상처로 내게 머문다.

그래서 나는 치유의 멀고도 험한 길을 선택해 내 나름대로 노력 중이다.

옳은 방법이 무엇인지는 아직도 모르지만 외면하는 것보다 훨씬 나은 방법이라 생각한다.

누군가의 잘못으로 내 안의 상처가 크다면 지금, 이 순간 나에게 집중해본다. 나를 바리본다.

그것이 치유의 첫걸음이 아닐까 싶다. 나를 본다. 하늘을 본다. 바다를 본다. 숲을 바라본다.

그래도 행복할 때가 적잖이 많다

예전에 내가 아침에 눈을 뜨고 싶지 않던 때에 비하면 식단조절로 인해 많이 호전되었다.

아직도 답답할 정도로 내 병을 완전히 고치진 못하지만, '음식으로 못 고치는 병은 없다'라는 말을 믿고 의지하면서 노력하고 또 노력하고 있다. 걸을 마음이 없어도 걸으려 노력한다.

'걷지 않는 사람은 죽은 사람이다'라는 생각으로 안간힘

을 쓴다. 그러다 보면 행복해질 때가 있다. 컨디션이 조금
이라도 회복되면 무조건 여행을 떠난다.

　또 아플 거라는 두려움 때문일까? 여행에 집착하는 것
같기도 하다.

　여행은 내가 살아있는 걸 느끼게 해주고 살고자 하는 희
망을 주는 유일무이한 것이다.

　나무, 숲, 바다, 하늘, 이 모든 것이 나를 행복하게 한다.

　무엇보다도 내 옆에 딸이 있고 남편이 있다는 든든함으
로 나의 마음을 풍족하게 한다.

　가족과 함께 보는 나무, 숲, 바다, 하늘만으로 더 바랄 게
없다.

　프랑스 문학가 로맹 롤랑의 말처럼 인간으로 태어나 살
아가며 누구에게나 같은 양의 행복이 찾아온다고 한다.

　'언제까지 계속되는 불행이란 없다'라는 말이다. 믿고 싶
다. 믿어야겠다.

18년 된 요즘 나는

18년이 된 요즘 나는 더 이상 2주에 한 번 갔던 시댁을 의무적으로 가지 않는다.

시아버지가 쓰러지신 이후에 남편은 2주에 한 번씩 아버지 목욕을 전담하고 있다. 10년이 훌쩍 넘었다.

물론 어머니도 안쓰럽긴 매한가지다. 그러나 이젠 가고 싶을 때 간다.

남편도 별말이 없다. 남편만 꼬박꼬박 가서 목욕을 시켜 드리고 어머니한테 필요한 것들을 해주고 온다.

할 말 다 했던 남편은 이제 마냥 착한 아들이 되었다. 당연하다. 내 부모가 똑같은 상황이 되면 나도 그럴 것 같다. 이해한다.

시간이 흐를수록 변함없는 어머니를 맞닥뜨리기도 힘에 부치고 오래전처럼 하이톤으로 "어머님~"이라고 부를 힘도 없어졌다.

한 번도 시댁 가는 길이 행복한 적이 없었고 어머니의 대화가 아닌 끝없는 수다를 듣고 있노라면 내가 땅으로 꺼져가는 것 같았다.

남편은 사위라는 이름하에 스트레스 받는 걸 본 적이 없는데 나는 며느리라는 족쇄를 찬 후부터 마음의 상처를 왜 달고 사는지 답답해하며 살아왔다. 그래서 더 힘들었고 지쳤고 이해 못했고 이해하고 싶지도 않았다.

그래서 결단을 내렸다.
'나 행복해지고 싶어. 내가 먼저야 이제부터라도!'

처음에 한없이 불편했던 마음이 지금은 조금씩 편해지
고 있다. 참 다행이다.

아픈 몸을 이끌고서라도 병문안한다는 마음으로 시댁
엘 2주에 한 번씩 갔었다.

남편이 억지로 고삐를 매달아 끌고 간 것도 아닌데 스스
로 고삐를 바짝 조였더랬다.

무엇이 그리 두려웠길래 스스로 자처한 걸까? 한심했
다.

더 한심했던 건 아프다는 핑계로 친정 부모님께는 소홀
했다는 것이다. 죄스러운 마음뿐이다.

부모님

전남 함평 출신인 가난이 무엇인지 뼈저리게 아시는 우리 부모님은 참 정이 많으시다.

전라도 분들이 대체로 그러신 건지 잘 모르겠으나 남에게 퍼주는 걸 좋아하신다.

그래서 사기도 여러 번 당하셨다.

엄마는 요리 솜씨가 좋으시고 아빠는 아주 가정적이신 성실한 분이시다.

연세가 많으시지만 두 분 다 부지런히 아직도 열심히 사신다.

지금 생각해보면 어찌 어려운 살림에 자식 넷을 키웠는
지 결혼 후 아이 낳아보니 상상도 할 수 없을 만큼 힘드셨
겠다는 것을 절실히 느낀다.

나는 어린 딸이 아팠을 때 내가 대신 아팠으면 할 때가
있었다. 부모님도 그러셨겠구나 싶다.

지금 나이 먹은 딸이 자주 아프니 참 마음이 아프시겠
다.

어릴 땐 항상 궁금했었다.

'왜 우리 집은 돈이 없을까? 왜 우린 부자가 아닐까?'

어린 시절 부자인 친구들을 보면서 더 그런 생각이 들었
었고 내 골덴바지의 골덴무늬가 하나도 없는 내 허벅지 위
로 자꾸 손이 갔던 내 어린 시절의 부끄러웠던 손이 자꾸
생각이 난다.

다들 경험했겠지만 고집 부렸다고 빗자루로 맞았던 몹
쓸 기억도 잊을 수가 없다.

엄마의 매를 만류했던 아빠의 따뜻한 모습은 지금껏 나

에게 고마움으로 남아있다.

자존감이 바닥으로 떨어졌던 나의 어린 시절이 지금도 안쓰러울 때가 있지만 엄마의 맛있는 손맛에 키워졌고 아빠의 따뜻했던 모습에 키워졌으니 난 복 받은 자식임이 틀림없다. 감사하고 존경하고 사랑한다고 전하고 싶다.

자식이 뭐라고 평생을 새벽부터 요리해주시느라 고생한 엄마께, 남들보다 새벽 일찍 출근해 퇴근길에 늘 손에 검은 봉지를 들고 오셨던 아빠께 감사 또 감사드린다.

다음 생이 있다면 자식 없이 두 분이 재미있게 행복하게 사셨으면 좋겠다.

부모님의 젊은 날들을 어찌 보상해야 할는지.

그리고 큰 병 없이 내 옆에 계셔주셔서 다시 한번 고맙다고 전하고 싶다.

네 번째,
넌 사춘기니? 난 갱년기다

넌 사춘기니? 난 갱년기다

17살 딸, 47살 엄마! 드라마나 영화를 보면 전쟁을 방불케 한다.

그 정도까지는 아니지만, 우리도 사춘기와 갱년기가 함께 하고 있으니 늘 평탄하진 않다.

엄마들은 말한다. 우리 땐 사춘기가 없었다고. 요즘 애들은 왜 그런 거야? 노대체!

사춘기가 없었다는 것은 거짓말이다. 있었지만 표현하지 못한 표현할 수 없었던 시절의 우리였기에 지나갔을 뿐이다.

사춘기를 맞이한 아이들은 그야말로 요즘 아이들은 자신들의 감정과 표현을 직설적으로 표출할 뿐이다. 억압됐던 우리 때와는 다른 요즘 시대의 사춘기가 현명한 것 같다.

이시기를 맞닥뜨려 겪어내면 비로소 정상적인 청년으로 어른으로 업그레이드된다고 생각한다.

그렇지 못하면 30대, 40대, 50대에 이르러 곪아있었던 응어리진 마음의 상처들이 한순간에 볼케이노처럼 폭발한다.

그러면 늙은 부모는 당황스럽고 어리둥절할 뿐이다. 다들 느끼는 바가 있을 것이다

30대 40대 50대도 아닌 난 20대 초반에 왔다. 다행 중 다행이었다.

20대 초반 대학 시절, 기억의 오류일 수도 있지만, 엄마와 돈 문제로 다투었다.

"돈이 없어."라는 엄마의 한마디에 그동안 쌓였던 모든 묵혀왔던 내 마음속 어떤 형태의 것들이 갈기갈기 찢어지는 것 같아 화가 치밀어 올라 내 방문을 잠근 채 창문을 맨주먹으로 깨부쉈다. 주먹에서 피가 났었다.

내가 나가 아니었던 것 같았다. 그때 나는 무슨 마음이었을까?

경제적으로 힘든 시절, 비싼 사립대학을 보내준 부모님께 감사한 줄도 모르고 부모님 마음에 되레 상처를 주었다.

그날 그러고 나간 딸에게 아빠는 전화했다. "창문 싹 다 고쳐놨어. 걱정하지 말고 얼른 들어와~" 단 한마디의 책망도 없이.

크고 작은 무수한 남모를 상처들과 함께 어린 시절을 보냈지만, 상처로 얼룩진 나를 보듬지 못한 채로 의도되지 않게 어른이 되어버렸다.

어른이 되는 과정을 제대로 밟지 못한 채로 말이다.

그러니 지금이라도 얼룩진 상처들을 긁어내거나 베어내거나 그렇지 못하면 달래고 달래서 함께 공생해야 한다.

17살 내 딸은 차가운 눈초리로 "몰라! 내가 그걸 어떻게 알아?" 할 때도 있고 사랑스러운 눈빛으로 "알겠어~~" 하며 안길 때도 있다.

호르몬의 영향으로 아이 역시 본인의 모습을 잘 모른다. 혼란스러운 거다.

이럴 때 어른인 우리가 이해해주는 편이 낫다고 생각한다.

하지만 나도 불쑥하고 올라오는 뭔가를 누르지 못하는 갱년기라 버럭될 때가 많다.

매번 반성하지만 나도 사람인지라 참 안 된다. 특히나 딸은 엄마의 감정을 먹고 자란다고 한다. 그래서 엄마인 내가 더 잘 해야겠다는 생각이 든다. 참으로 이 조합은 참 잘 맞다가도 서로를 힘들게 하기도 한다.

냅do!

아이가 어릴 때 육아서적을 통해 알게 된 '냅do'

쉬울 것 같아도 절대 쉬울 수 없는 '냅do'는 어느 정도 살아온 삶의 풍파가 있어야 받아들여질까 싶다. 아이가 어렸을 때는 순한 아이여서 애를 먹인 적은 딱히 없었다.

그러나 역시나 중학생이 되면서 사춘기를 접하면서부터 수많은 잔소리와 훈계는 전혀 먹히질 않았다. 그래서 그때 여러 번 봤던 그 육아 책을 다시 들여다보게 되었다.

역시 해답은 '냅do'였다.

  소용돌이치는 사춘기 호르몬, 그 격한 변화에는 '냅do'
가 최선의 방법이다. 하지만 뼈를 깎는 일이다. 방 청소를
안 해도 냅do야 하고 책상 가득 먼지와 휴지들이 엉켜있어
도 냅do야 하며 옷가지들이 서랍 밖으로 튀어나와 있어도
냅do야 한다.
  이러다 울화병이 날 것 같았고 이러다 우리 아이가 망나
니가 되는 건 아닐까 하는 크나큰 우려 속에 함께 살아가
고 있다.

  부모 마음은 다 똑같다. 저러다 '거지같은' 어른으로 성
장할까 봐 불안해하는 거다.
  하지만 그건 큰 착각이고 오산이라 한다. 그런 아이들을
온전히 바라봐준다면 다시 제자리로 돌아온다는 것을 알
아야 한다.
  인생의 9할은 쓸데없는 고민과 상상과 망상으로 이루어
져 있다는 걸 기억하자.

또 하나 '지랄 총량의 법칙'을 기억하자.

어떤 사람은 그 '지랄'을 사춘기 때 다 써버리고 어떤 사람은 나이 들어 무섭게 써버리기도 한단다. 어쨌거나 죽기 직전까지 반드시 그 양을 다 쓰게 되어있다고 한다.

평생 해야 할 '지랄'의 총량이 정해져 있다는 말이다.

그러니 긴 시간이 걸려도 속이 타들어 가도 '냅do'로 도를 닦아보자.

늙어서 부모를 괴롭히는 것보다 지금, 이 순간 괴롭힘 당하는 게 낫지 않은가!

19세가 끝인가요?

나를 포함한 모든 부모는 착각하고 산다.

아이가 태어났을 때 분명히 맹세했을 것이다.

'건강하게만 자라다오'

'튼튼하게만 자라다오'

나도 역시 아이를 낳고 아이가 오물거리는 입 봉우리로 내 가슴의 젖꼭지를 찾아 젖을 먹기 시작했을 때 감격의 눈물이 떨어지면서 굳게 맹세했었다. '건강하면 돼. 욕심 안 부릴 거야'

나는 아이들이 가진 재능들이 많다고 생각한다.

공부는 만개 중의 하나 천 개 중의 하나의 재능일 뿐이고 다른 수만 개의 재능이 숨어있다고 믿는다. 꼭 음악이 아니어도 꼭 미술이 아니어도 살면서 알게 되는 재능들이 누구에게나 있다고 믿는 편이다.

그래서 내 아이가 잘했을 땐 잘했다고 해주고 못 했을 땐 괜찮다고 해줬다.

자기만의 생각이 있기에 부모라는 이유만으로 이래라 저래라 권위적인 명령은 필요 없다고 본다. 부모가 바라는 대학을 모두 다 가준다면 얼마나 세상이 재미없겠는가.

그저 옆에서 묵묵히 지켜봐 주는 것만이 부모 역할이라 생각된다.

마치 19세 수능이 마지막 목표라도 되는 것처럼 호들갑이다.

물론 나도 엄마라서 자식이 좋은 대학에 합격하고 좋은 대기업에 취직하면 어깨가 들썩거려지겠지만 그렇지 못 해도 내 자식은 단 하나 뿐인지라 내 아이가 태어났을 때 했던 약속을 꼭 지키고 싶다. 절대 19세가 아이들의 마지막이 아니었으면 한다.

우리 딸 엄마 나 대학 못 가면 어쩌지? 나 이름 있는 대학 못 갈 것 같아. 나 망한 것 같아.

나 야! 뭐 어때? 엄마 딱 하루만 쪽팔리면 돼! 너만 자존감 있게 살면 돼!

딸이 초등학교 방학했던 날, 난 이렇게 말했었다.

"현서야~ 방학이 무슨 뜻인지 알아? 방학은 놓을 '방' 배울 '학' 공부를 쉬라는 뜻이야~ 그러니 놀아야지!"

지금은 그 말이 차마 나오질 않는다. 딸은 벌써 17살이다.

살면서 가장 중요한 그것! 자신을 사랑할 줄 아는 그 어렵다는 자존감! 내 딸이 그것만 챙겼으면 좋겠다.

엄마도 그랬어

아이는 사춘기다.

침대에서 신생아처럼 뒹굴뒹굴할 때를 보면 나는 나를 세뇌한다.

'힘들구나. 정말 힘들었나 보다.' 뒹굴뒹굴하면서 한 손에는 늘 스마트폰이 들려져 있다.

유튜브를 보면 깔깔깔 거린다. 또 세뇌한다.

'와우! 정말 많이 미치도록 힘들었구나'

'나도 그랬어. 나도 다른 형태로 너처럼 그랬을 거야.'라

고 나를 다시 한번 세뇌한다. 휴~

　엄마들의 기억력이 현저히 떨어져 가고 있다. 모두 안 그랬다고들 한다. 근데 그때 그 시절 다들 그랬다. 그럴 때가 있었음에도 엄마 입장이 되어 보니 속이 터져버릴 것 같다. 그놈의 스마트폰을 불 지르고 싶다.

　그러나!

　아이들의 매일 똑같은 일상을 그려보면 얼마나 답답할까 싶다. 집과 학원! 집에선 부모가 닦달하고 학원에선 선생님이 닦달하고 숨 쉴만한 공간이 없다. 마음 편히 눈치 안 보고 쉴만한 곳이 없다.

　어떨 땐 학교 갔다 와서는 딸이 힘들다고 한다. 입버릇처럼 내뱉을 때가 있다.

　학교 갔다 왔는데 뭐가 힘들지? 오늘은 학원도 없는 날이라고 생각하다가 학교도 힘든 사회생활이란 것을 깜빡했다.

직장인이 회사 가서 직장 상사들한테 시달리듯 주부들이 종일 살림과 육아에 지치듯 아이들도 학교에서 받는 모든 관계에 지치는 것이다.

학교에서 학원에서 집으로 돌아와 주는 우리 아이가 참으로 고맙다는 생각이 든다.

오늘도 참 운 좋은 날이구나 싶다. 돌아와 줘서.

어떨 땐 친구와의 관계로 고민할 때가 있다. 그러면 난 공감을 많이 한다. 해준다가 아니라 한다. 엄마인 나도 그 시절을 겪었기에 상처받은 마음을 달래주고 싶다. 나도 그랬었기에 엄마인 나도 그랬었다는 걸 말해주고 싶다. 그렇게 서로 소통할 수 있음에 감사하다.

'우리 딸래미~ 학교 갔다 집에 와줘서 고맙다.'

딸에게 기억나는 음식
하나만이라도 있으면 좋겠다

이다음에 딸이 독립해 혼자 살 때 어떤 음식을 해 먹고 살지 나는 모른다.

아마도 배달음식! 소박한 음식이라도 해 먹고 살면 좋겠지만 이미 세상은 많이 바뀌었다.

5분이면 요리가 되고 20분이면 배달이 되는 '딜리버리' 세상이다.

그런 딸에게 '기쁠 때 힘들 때 슬플 때 외로울 때 먹는 레시피'를 만들어 주고 싶었다.

요리에 관심이 1도 없는 딸이라 만들어준들 하겠냐마는 솔직히 나 또한 요리에 재능이 없는 엄마라서 굳이 만들어주는 건 자신이 없다.

그래도 딸이 나이를 먹어가면서 엄마가 해준 위로가 됐던 음식이라도 기억해준다면 얼마나 좋을까? 뭐가 있을까? 잠시 생각해본다.

예전 20대 때 엄마와 떨어져 필리핀에 잠시 있었을 때 엄마가 뭐가 젤로 먹고 싶냐고 물었을 때 단번에 오징어볶음이라 했다.

우리 딸은 뭐라고 말할까? 내가 해준 음식 하나쯤 마음속에 저장은 할까?

비록 요리 솜씨는 없어도 딸의 최애 음식인 떡볶이라고 말하려나, 아니면 곱창볶음이라고 하려나?

사실 배달음식이 너무 맛있어서 외롭거나 속상할 때 엄마가 해준 것보다 매운 떡볶이나 곱창을 시켜 먹겠지? 그게 생각나겠지?

그래도 전화해서

"엄마~ 나 엄마가 해준 곱창떡볶이 먹고 싶어~ 지금 당장 갈게~"라고 해줬으면 좋겠다.

사실 고백하자면,

내 몸이 온전할 때 보다 온전하지 못할 때가 더 많아서 제대로 된 마음과 정성을 다한 밥상을 차려주지 못한 죄책감이 크다.

그래서 바라자면 어디를 가든 어디에 살든 딸이 항상 따뜻한 온기 있는 밥을 먹었으면 하는 바람이다.

딸아! 비혼 어때?

요즘 많은 젊은이가 '결혼을 하지 않아도 괜찮다'라고 생각을 한다.

비혼을 선택한다는 뜻이다. 비혼의 이유는 여자인 경우 임신, 육아로 인한 부담감이 컸고 남자인 경우는 경제적 부담감이 커서였다. 특히나 여성인 경우 가부장제도 및 양성 불평등의 문화 때문에 비혼을 선택했다고 한다.

하지만 우리나라 부모들은 아직도 결혼을 인생의 종착 지로 생각한다.

결혼해서 임신, 출산까지가 정석이라고 생각한다. 과연 그럴까?

나도 70년대 태어나 늘 보고자란 탓인지 결혼, 임신, 출산이 당연한 줄 알았다.

내가 결혼하던 시절, 30대 초반에 유행처럼 다들 결혼을 했고 못 하거나 안 하는 친구들은 왠지 스스로 '루저'라 생각했던 때도 있었다.

지금이야 집집마다 비혼인 자식들이 많아져 자연스러운 문화가 되었지만.

결혼해서 살다 보니 내 옆에 누군가 있어 준다는 게 안정감을 줄 때가 있다.

하지만 굳이 그 안정감을 추구하기 위해 다른 비혼의 세계를 저버리는 건 아닌 것 같다.

그래서 딸에게 결혼이 당연하다는 것을 억지로 인지시키지 않는다.

결혼해서 출산을 또한 당연하지 않다는 것을 인지시킨다.

예전 부모님들처럼 결혼, 임신, 출산 이 3박자를 절대 강요하고 싶진 않다.

어떻게 살든 누구랑 살든 혼자 살든 '행복 추구'를 우선시하는 삶이 이어지길 바랄 뿐이다.

누구 때문에 누구에 의해 내 삶이 비의도적으로 바뀌어 버리는 삶은 없었으면 한다.

뉴스 보도에 의하면 아이를 낳으면 소정의 금액을 주겠다고 떠들어댄다.

웃기는 소릴 하고 있다. 본질적인 문제를 아직도 모르는 윗분들이 답답할 뿐이다.

모자라게 키우기

풀타임으로 직장에 매여 있는 워킹맘들과 감히 비교할 순 없지만, 아이를 키우면서 틈틈이 파트타임 했었다.

아이가 백일쯤 되었을 때 나에게 과외를 받았던 학생 어머니께서 학생을 다시 봐 달라 했을 때 거절 할 방법은 하나였다. 아이!

아이 봐줄 사람이 없다고 안 된다고 했었다.

하지만 결국 거절 잘 못 하는 나는 학생 어머니 말씀대로 학생과 아이를 맞교환하기로 하고 수업을 했었다.

  내가 학생을 가르치는 2시간 동안 내 아이를 학생 집으로 보냈었다.

  어느 날 아이를 찾으러 갔는데 현관문 열자마자 처음 갔을 때의 모습 그대로 현관 안 유모차에 아이가 있는 게 아닌가! 순간 어리둥절했더니 친구분이 놀러 왔다고 아이가 낯설어서 안 들어오겠다고 해서 놔뒀다고 했다.

  그럴 수 있다고 생각했지만 내 마음이 왜 그리 짠하고 미안하던지 엄마 마음이 그랬다.

  인사를 하고 집에 와서 아이를 유모차에서 번쩍 드는데 퀴퀴한 냄새가 나 기저귀를 살피니 똥이 말라비틀어져 있었다. 순간 눈물이 났다. 그럴 수 있다는 걸 알면서도 마음 약한 엄마라 바보같이 눈물이 났다.

  고작 이런 일로 엄마들은 마음이 아프고 죄책감이 든다. 괜히 맡겼나 싶어 자책한다.

이런 일들을 워킹맘들은 매번 겪으면서 돈 벌러 직장에서 고군분투한다. 열이라도 나면 전전긍긍하면서.

아이의 미래를 위해서 풍족하게 혹은 풍요로운 세상에서 키우려고 부단하게 노력을 하며 하루하루 버티며 산다. 안쓰럽다. 우리나라 워킹맘들이 너무 안쓰럽다.

물론 아이를 떠나 내 삶의 가치를 우선으로 생각하고 일하는 워킹맘들도 있겠지만 마음만은 모두 한가지다.

그래서 완벽하게 키우려고 애쓰는 엄마들에게 해주고 싶은 말이 있다.

너무 애쓰지 말라고 너무 안달복달하지 말라고.

어느 순간 아이는 자라고 있고 잘 크고 있다고 말해주고 싶다.

초보 엄마였을 때 나도 아이에게 다 해주려고 했던 것 같다.

예쁜 옷 입혀주려고 했었고 맛있는 것 사주고 싶었고 얼굴에 뭐라도 묻어있으면 재빨리 닦아줘야 했었고 신발 끈이라도 풀려있으면 안 되는 줄 알았고 방안에 장난감들이

널브러져 있으면 그때그때 치워야 했었고 넘어지면 무릎에 난 상처를 어찌해야 하나 난감해 했었다.

그러나 이제 와 생각해보니 완벽하게 꽉 차게 키우는 것보다 모자라게 천천히 키우는 게 나은 것 같다는 생각이 든다.

과한 사랑과 과한 관심이 아이에겐 독이 될 수도 있겠다 싶다.

그래야 일하는 워킹맘이든 전업주부든 잠시 숨 쉴 구멍이라도 만들 수 있을 것 같다.

그래야 하루하루가 행복할 것 같다.

엄마들이 행복해야 함께 자라는 그들의 아이들도 행복하지 않을까?

나는 그때 기저귀에 말라버려 딱딱하게 굳어있는 아이의 똥을 보고 웃어넘길 줄 알았어야 했다.

다섯 번째,
알아가야 할 것들이 많은 나이

남편과 나는

툭하면 아픈 나와 함께 사는 남편은 17년을 내 옆에 있어 준 사람이다.

살다 보면 여러 차례 헤어지고도 싶은 게 부부라지만 다행일까? 아직 무난하게 이겨내고 있다. 보통의 남편들처럼 싸울 일이 생기면 입을 다무는 스타일이지만 지금 이 나이쯤 되니 차라리 이런 스타일이 낫지 싶다.

나는 파고 또 파는 스타일이라 함께 격렬히 팠으면 벌써 서로 다른 길을 갔을 거란 생각이 든다.

늘 고맙게도 내 팔다리를 주물러주는 남편은 테니스를 너무 좋아하는 그야말로 테니스광이다.

운동이라는 게 더우면 더워서 싫고 추우면 추워서 싫은 게 운동인데 전혀 문제 되지 않는 것 같다. 팔다리를 주무르다가도 운동하러 갈 시간 되면 폭염에도 한파에도 자기 갈 길 가는 분명하고 확실한 사람이다.

그래서 20대 때 몸무게를 쭉 유지하고 있다.

서로를 알면 알수록 속이 터지는 부분도 많지만, 아직 여전히 살아가고 있는 이유가 있을까?

서로에 대한 책임감? 의리? 사랑? 아니면 측은지심?

20대 때 보았던 남편의 모습은 온데간데없고 50대에 접어든 남편의 모습이 짠하게 느껴진다.

무능력한 아내를 탓하지 않고 열심히 외벌이하는 남편이 요즘 들어 더 그렇다.

"여보, 언제든지 힘들고 지치면 떼려 쳐!"라고 말하는 나는 참 철이 없다.

세월이 속절없이 흐른 후에 나이가 더 들어 늙은 육신이
되어 누구 하나 먼저 떠나가게 될 때 남편과 나의 '지난날'
은 곱씹어볼 아련한 추억으로 남게 될까? 아니면 아물지
않은 상흔으로 남게 될까?

불통

꼬리에 꼬리를 무는 나와 꼬리를 자르고 싶은 남편
땅굴을 파고드는 나와 흙으로 덮으려는 남편

화가 나고 짜증이 나서 언성이 높아진다.
나 아니 그게 아니라고! 진짜 이해를 못 하겠네!
남편 무슨 말을 하는 건지„, 됐어!

연애할 땐 참 잘 맞았다고 생각했다.

밥 먹을까? 그래 뭐 먹을까? 떡볶이? 그래!

맥주 마실까? 아니 막걸리가 좋겠다! 그래, 그럼 그러자

~

연애할 때는 모든 통했다. 아니 모든 통했다기보다는 서로 '모든' 배려했었다.

서로를 사랑한다는 이유만으로 싫어도 아니, 그다지 동하지 않아도 '그래, 그러자' 했었다.

먹는 것부터 영화 보는 것, 여행하는 것 '모든' 다 통했었다.

지금 생각해보면 누구보다 잘 맞았다.

그때는 지금보다 사랑했기 때문이었을까?

그저 단점이 안 보였던 콩깍지 씐 눈과 마음으로 서로를 사랑하고 배려했던 덕분일까?

지금은 사랑하지 않는 걸까? 자식을 낳았기에 사는 걸까?

부부는 분명 사랑보다 무언가가 있기에 함께하는 것이다.

아직 찾지 못한 무언가가 있기에!

나이를 먹어가니 고집, 아집이 세지는 걸까?

마음이 서로 다른 날엔 불통이 극에 달하고 눈곱만한 작은 배려에 그저 고마운 날엔 소통이 극에 달한다. 불통이 소통되려면 다시 연애할 때처럼 사랑해야 할까? 쉽지 않다.

요즘 귀가 어두운 늙은 남편 때문에 난 했던 말을 세 번씩 한다. 입이 아프고 짜증이 치솟는다. 나 또한 하고 싶은 말이 입에서만 맴돌 때가 많다. 단어가 그렇게 생각이 안 난다. 우린 하나씩 고장 나는 나이가 돼버렸다.

오해가 있어 이해하려 하고 이해를 구하려다가 오해가 되어버린다.

이해와 오해는 한 끗 차이인 것 같다.

중년의 웃음은

어느새 중년이 되었다.

젊은 시절 그냥 즐거우면 웃었고 슬프면 울었던 그런 때
가 있었다.

나도 한때는 소녀처럼 팔짝팔짝 뛰며 까르르 웃는 시절
이 있었고 남편은 입꼬리가 광대까지 올라가 있을 때가 있
었다.

분명 내 기억에.

이젠 중년이란 타이틀에 갇혀 즐거우면 자제할 줄 알고 슬프면 잊으려고 애를 쓰는 그런 나이가 돼버렸다.

팔짝팔짝 뛰는 자지러지게 웃어대는 그런 모습들은 체력이 안 돼 도저히 그려질 수 없는 그림이 되어버렸고 TV 속 예능인들의 입담에나 슬쩍 웃어버리고 마는 내 안의 웃음 장치 버튼이 딸깍거리고 있는 듯한 중년이 되었다.

간혹 우연히 포복절도할 때가 있다. 너무 간만에.

그렇게 행복할 수가 없다. 나도 이렇게 웃을 수 있구나!

아! 살아있는 웃음이고 행복이다.

나도 나를 잘 몰라

나는 나를 아직도 50이 가까운데도 모르겠다.

길거리에서 폐지 줍는 할아버지를 보면 도와드리기도 하고 길을 헤매는 할머니를 만나면 함께 가드리기도 하고 이사하는 날이면 안면도 잘 없는 경비원 아저씨께 음료라도 드려야 내 마음이 편하다. 난 여린 사람인가보다.

하지만!

회사 신입 시절에는 부당하다고 생각하면 부장님 앞에서도 언성을 높일 줄 알았던 무모한 나였고 초보운전일 때

겁이 많아 운전대를 잡는 것도 버거웠던 나인데 지금의 남편인 남자친구를 만나겠다고 한밤중에 내비게이션도 없던 시절에 모르는 초행길을 1시간 넘게 걸려 도착해버렸던, 겁 없던 나이기도 하다.

아는 사람이 보험을 들어달라고 해도 내가 아니다 생각하면 절대 들지 않았던 매정한 나이기도 하고, 여름날 짧은 반바지를 입고 슈퍼에 갔다가 주인장 할아버지가 훑어보길래

'늙으나 젊으나 똑같구먼.'이라고 들리도록 말하는 나는 도대체 어떤 사람인지 모르겠다.

사람들은 자기 안에 다양한 캐릭터가 속해 있다.

그래서 내가 정말 누구인지 잘 모르겠다. 착한 사람이기도 하고 유연한 사람이기도 하지만, 까칠하기도 하고 재수 없을 때도 많다.

하지만 이런 나는 정상임에 틀림없다.

뭔가 모르게 애매하고 부족함이 흘러넘치는 나는 어느

경계선에 걸쳐 있는 정상이다.

　나와 너, 우리가 서로 다르다고 비정상이라고 감히 결론 지어버리면 절대 안 된다는 것을 50이 가까워지면서 알게 되었다.

그런 사람에서 이런 사람으로

열정이 많았던 20대가 그리울 때도 있다.

아이의 아기 때 모습이 그리운 30대의 내 모습이 스치듯 생각날 때도 있다.

지금 50을 바라보는 나는 열심히 열정적으로 살았던 그런 사람에서 느리게 가는 이런 사람으로 변해가고 있다.

처음에는 내 모습이 적응되질 않아 한심한 인간이라는 생각에 스스로 자괴감에 빠져있기도 했다. 하지만 지금은 나의 세월을 흐름에 맡기기로 했다. 마음이 한결 얇아졌다.

성격이 급했었고 뭐든지 잘하고 싶었던 '잘해야만 하는' 강박을 갖고 있었던 그런 사람이 50을 향해가는 자신을 기꺼이 받아들이는 이런 사람으로 변하니 훨씬 편안한 내가 되었다.

사람들 앞에서 가식을 떠는 그런 사람에서 나의 치부를 드러내도 꽤 괜찮은 마음으로 살아가는 이런 사람으로 나 자신에게 박수를 보내고 싶다.

나는 나를 사랑할 줄 몰랐다.

아직도 어떻게 사랑해야 하는 방법을 찾기 어렵지만, 그저 내 속도에 맞혀 남의 눈치 안 보는 삶을 살아가려 하는 내가 나를 사랑하는 것이 아닐까 싶다.

죽기 전까지 욕심을 못 버리는 사람들이 많다고 한다. 그렇게 살고 싶지 않은 것이 나를 사랑하는 것은 아닐까? 이제는 삶에서 하나씩 빼기를 하면서 살고 싶다.

50이 되면

완경이 됐으면 하는 나의 간곡한 바람이 있다.

그 조건으로 빨리 얼른 50이 되고 싶다. 간절하다.

물론 내가 건강했더라면 나이 먹는 게 죽기보다 싫었겠지만, 월경 증후군으로 인해 생활 자체가 힘들어지면서 빨리 나이를 먹고 싶어졌다.

빨리 40이 되고 싶었고 빨리 50이 되고 싶었다.

완경이 되면 여성호르몬에 이상이 생긴다고 하지만 겪어볼 거 다 겪었다는 생각에 완경은 나의 행복 시작이라 생각한다.

이런 작은 소망이 착각되지 않기를 바랄 뿐이다.

50이 되면 별것 없으려나?

그래도 꿈꿔보자.

생리 일정 따위 없이 무작정 떠나는 여행이 궁금하고 증후군 따위 개의치 않는 가뿐한 몸으로 무엇이든 할 수 있는 날들이 궁금하다.

아무 때나 약속 잡고 아무 때나 떠나버리는 그런 삶을 살고 싶다.

50이 돼도 지금과 똑같은 삶이라면 내 소중했던 자궁을 떼어내고 떠나리라는 간절함이 극에 달한다.

2년 전 혼자 여행을 갔었다. 아이가 중학교 때 수학여행 당시 나도 결혼 후 처음으로 혼자 기차여행을 갔었다.

기차를 타고 혼자 음악을 들으며 창가를 바라보는 나 자신이 너무 어색해서 두렵기도 했었지만, 자유스러움과 설렘이 가득해 행복했었다.

알 수 없는 불안감은 결혼 15년 동안 길들여진 가족에게 로의 귀소본능 때문일 것이다.

남편 없이, 아이 없이 혼자만의 이 시간이 어색한 건 당연할지도 모른다.

예쁜 한옥 게스트하우스에서 캄캄한 밤을 맞으며 여러 번 문단속을 해야 했었다.

새들이 지저귀는 아침이 돼서야 내가 한없이 작은 새장에 갇혀 살아왔었나 하는 생각이 두는 순간이었다.

내일도 여행

주말이면 항상 "어디 갈래?"가 나와 남편의 대화 주제
다.

여행을 좋아하는 우리는 연애할 때도 많은 여행을 했고
아기가 태어나면서부터 지금껏 쭉 시간이 되고 짬이 나면
무조건 여행을 한다.

이젠 사춘기 딸과 '함께'가 아닌 우리 둘만의 여행을 한
다.

심하게 아플 때를 제외하고는 에너지 넘치는 남편과 무조건 떠난다. (카우치 포테이토가 아니라서 참 다행이다.)

여행을 좋아해서도 있지만, 누워있는 나 자신을 보듬기 위한 여행은 나에게 최고의 힐링이 된다.

사실 여행 중일 때 최고의 컨디션이 아닐 때가 많지만 웬만하면 차를 종일 타서라도 다니려고 한다. 나에 대해 너무 잘 알고 있는 남편과의 남 눈치 볼 것 없는 이 여행은 나의 마음을 편하게 한다.

휴가를 길게 받을라치면 가성비와 가심비가 좋은 동남아를 가기도 하고 동해, 남해, 서해 일대를 쭉 돌아본다. 행복이다.

딸이 청소년이 되었기에 부모 부재에도 별 탈 없이 잘 있어 줘서 여행이 가능하다. 고맙다.

물론 여행을 가 있는 동안 딸이 걱정된다. 밥은 먹었는지, 밤에는 무서워하지 않는지, 하지만 딸에게 올인하지 않는다.

딸에게도 부모의 올인은 족쇄일 수도 있다.

퇴직하신 분들이 조언해주신다. 자식에게 올인하지 말라고.

하여튼 내 인생이, 우리 인생이 길어야 30년이다.

그것도 건강하게 30년은 큰 노력과 절실함이 필요하다.

병원에 누워 있는 삶은 끔찍하기에 두 다리가 튼튼할 때 여행을 해야 한다고 생각한다.

딸이 20살이 되어 내 마음이 홀가분할 때 혼자 기차여행을 많이 해보고 싶다. 내 마음대로 내 뜻대로의 여행 말이다.

나와 남편은 이번에도 여행을 떠난다.

컨디션이 안 좋으면 숙소에서 내내 머물 것이고 컨디션이 나쁘지 않다면 내내 돌아다닐 것이다. 나의 여행은 복불복이지만 꽤 가슴에 담을 만한 인생의 행복이자 낭만이다.

오래 전 어느 날, 여행을 갈 수 없는 최악의 몸 상태로 먼

길을 떠난 적이 있었다. 자신이 없었다. 그러나 놀랍게도
서서히 좋아지더니 여행할 수 있는 몸으로 바뀌었다.
　그 시간들이 너무 귀해 많이 즐기고 돌아왔었다.

그럼 된 거야!

우울할 때는 말이야
우울한 책이나 영화를 밤새 보는 거야
보다 보면 눈물과 감정이 한없이 흘러내려
그럼 된 거야!

우울할 때는 말이야
슬픈 노래에 네 감정을 버려봐
아무도 없는 집이든 아무도 아닌 곳이든
눈물이 나서 미칠 것 같거든 그냥 쏟아버려
그럼 된 거야!

우울할 때는 말이야
남 앞에서 애써 표정 짓지 마!
마음 다쳐가며 억지로 웃지 말라구!
그럼 된 거야!

힘들겠지만
아주 조금이라도 나아지면
그땐! 그땐!
뭐라도 해봐
아무거라도
우린 모두 아무나니깐

마지막에 드리는 글

도서관에 가서 가끔 책을 빌려보는 평범한 나이다.

책을 쓰는 이들을 대단한 포텐이 있는 사람들로 나눠 생각할 만큼 책 쓰는 건 아무나 할 수 없는 영역이라고 냉정하게 선을 그었던 나이다.

나는 작가가 아닌, 그저 내 마음속 이야기를 내 또래들에게 땡깡부리듯 읽어달라고 보채는 평범한 나일뿐 이다.

나의 결혼 18년의 치부를 드러내기까지 꽤 용기가 필요

했으므로 나 자신에게도 감사하고 읽어주시는 독자분들께도 감사할 뿐이다.

　작은 공감, 작은 지지에도 위로가 될 것을 약속드린다.

　글을 쓰는 동안 나의 아픈 세포들이 많이 치유된 듯하다. 감사하다.